KB206721

스물셋,

아무렇더라도 나를 사랑해준 사람

스물셋,
아무렇더라도 나를 사랑해준 사람

초판 1쇄 인쇄 · 2024년 10월 4일
초판 1쇄 발행 · 2024년 10월 9일

지은이 · 서용좌
펴낸이 · 한봉숙
펴낸곳 · 푸른사상사

주간 · 맹문재 | 편집 · 지순이 | 교정 · 김수란, 노현정 | 마케팅 · 한정규
등록 · 1999년 7월 8일 제2-2876호
주소 · 경기도 파주시 회동길 337-16 푸른사상사
전화 · 031) 955-9111(2) | 팩스 · 031) 955-9114
이메일 · prun21c@hanmail.net
홈페이지 · http://www.prun21c.com

ISBN 979-11-308-2177-1　03810
값 17,500원

푸른사상
산문선
56

산문집

스물셋,
아무렁더라도 나를 사랑해준 사람

서영처

푸른사상
PRUNSASANG

느슨한 또는 된 말들,
묽은 아니면 진한 글들

수필을 쓸 수 있는 마지막 사람 – 이라고 말했던 순간을 또렷하게 기억합니다. 독문과를 졸업한 제자들이 스스로 출판사를 만들었노라고, 수필집을 내보자고 원고를 졸랐을 때 던진 말이었습니다. 어떻게 수필을, 혹시 소설이라면 또 몰라도, 라고. 그 빈말에 책임지느라 한 겨울 방학 동안 멋모르고 쓴 장편소설을 세상에 내놓게 되었습니다. 그것이 2001년 출판된 『열하나 조각그림』이었습니다. 얼떨결에 소위 문학의 세계에 발가락을 들이밀게 되었을 때, 저는 한국에서 문단이 무엇인지 등단이란 단어가 무엇인지도 체감하지 못한 이방인이었습니다.

그러고는 생면부지 선배 작가들의 배려와 안내로 등단 절차라는 것을 마치고 이쪽 세계로 건너오면서, 오랜 본업에서는 마음이 떴습니다. 사람 마음은 실은 하나이니까요. 결국 정년을 기다리는 인내심이 부족하여 명예퇴직을 하고서는 정말로 내가 소설을 잘 쓸 줄 알았답니다. 잘 − 양적으로는 나름 썼다고 할 수 있을지 모르겠습니다. 잘 − 질적으로는 시쳇말로 꽝입니다. 압니다.

지금으로서는 이만큼 썼으므로 이만큼 썼노라고, 누구라도 필위 잘 쓸 수는 없노라고, 정직하면 되리라는 어설픈 변명으로 소설들을 더구나 감히 산문집을 내놓습니다. 어쩌면 무지가 용맹이 아니라, 부족을 인내한다는 의미에서 겸손이라고 말씀드리고 싶습니다. 이 산문집과 같은 시간에 세상을 맞닥뜨릴 장편소설 『날마다 시작』

도 마찬가지 마음으로 떠나보냅니다. 언제나처럼 미술을 전공한 둘째가 그려주는 표지에 숨어, 느슨한 또는 된 말들, 묽은 아니면 진한 글들이 숨 쉬고 있기를 바라면서, 저는 숨을 죽입니다.

사족, 아니 본론입니다. 더 어설픈 이 산문집은 무슨 마음으로 무슨 권리로 내놓는가 부끄럽습니다. 소설가라고 불리기 시작하자 한국소설가협회를 시작으로 한국문인협회며 국제PEN한국본부 등 문학단체들의 일원이 되었습니다. 그러는 것이 상례인 줄 알았습니다. 몇 안 되는 그들 중 이대동창문인회에서는 회원들 등단 장르를 막론하고 매년 수필을 한 편씩 모았습니다. 수필을 쓴 경력이 전혀 없이도 수필이라고 하는 글을 쓰도록, 회원의 의무라고 하시는 선배들의 격려(?) 또한 엄중했습니다.

그렇게 수필 나이 스물셋에 모인 글들을 내놓습니다. 왜냐고 물으면 답을 얼버무릴밖에요. 속내는 발화되지 못하기도 합니다.

흠결 많았을 젊은 날들을 걱정하면서 어쩌면 더 많은 흠결을 쌓아가고 있는 오늘입니다. 무심한 이 사람과 몸과 맘으로 닿아 있는 모두에게 감사드립니다. 우연찮게 이 글을 펼치셨을 분들께도 감사드리며, 늘 평강을 빕니다.

2024년 가을
서 용 좌

차례

과거의 시간들이 기억으로서 현재에 존재하는 한,
현재의 시간에 자유의 공간이 줄어든다.
미래의 시간이 기대로서 현재에 존재하는 한,
그 또한 자유의 공간을 줄인다.

지각생

해마다 겨울이 오고 수능이든 입학시험이든 결정적인 시험이 있는 날은 대개 날씨가 혹독한 것 같다. 실제로 그러한지 모두들 마음이 얼어붙어서인지는 몰라도 그런 기억들이다.

오전의 논술과 오후의 면접, 그만하면 교수에게나 입시생에게나 긴장된 하루가 틀림없다. 차가 밀렸다가는 큰일이므로 학생들이 움직이기 아예 전에 서둘러야 마음 놓고 학교에 이른다. 신체 리듬에 따라 참새형과 올빼미형이 있다지만, 나는 새벽같이 출근할

날이면 아무리 마음을 풀어도 짜증을 이기지 못한다. 입실 시간이 지나고도 빈자리가 꽤 있었다. 입시에 여러 번의 지원 기회가 있으니까, 첫 시간에 지각하는 학생은 예상대로 대개 결시로 이어질 것이다. 시험 시작 종이 울리고, 우리 감독들은 서서히 원서 대조에 들어갔다. 삐거덕 교실 문이 열리고, 놀라서 고개를 든 학생들 앞에 울상으로 지각생이 나타났다. 시계를 보니 10분 정도 지나 있었다. 규정대로라면 입실이 거부될 상황이었다. 새벽부터의 짜증까지 겹치면 상황은 지각생에게 불리하다. 중요한 결정을 앞에 두고, 상념은 불현듯 아득한 옛날로 돌아간다.

수십 년 전 어느 이른 봄, 선배도 없는 외로운 대학 시절은 신설 독문과 신입생 누구에게나 마찬가지였겠지만, 자라서 처음 외지로 나간 지방도시 출신에게는 대도시의 낯섦까지 더했다. 낯설기야 어디 그 봄부터였었나.

입학시험을 치르던 꽁꽁 언 겨울, 백설공주가 숨어

사는 산만큼이나 오르락내리락 미로를 거쳐 가는 캠퍼스는 나를 주눅 들게 하기 알맞았다. 오늘날에 보아서는 그저 아기자기한 정도라 해도, 당시의 시골 소녀의 눈에는 그랜드캐니언 다름없었다. 약간 비뚜름히 오른쪽으로 산을 오르다가 어디에선가 왼쪽으로 굽어 내려가다 보면 오른쪽 아래로 펼쳐지는 거대한 건축물, 보기에는 무맛이었고 우중충한 색조마저 사람을 얼어붙게 하는데……. 거기서도 어렵게 몇 고개를 올라 드디어 시험장에 도착했을 때는 파김치 다름없었다. 종일 일곱 과목을 필기과목으로 치르는 입시에 겁도 났고, 하루 종일은 그 자체로서 부담이었다. 어떻게든 숨을 돌릴 수 있는 점심시간은 축복이었다. 어머니는 시골 어머니답게 따뜻한 맛있는 점심을 자꾸 더 뜨게 했고, 가물거리는 눈…….

다시 시험장을 향하는 발걸음은 아침보다 더 무겁기만 했다. 시간은 나올 때와 마찬가지로 잡았지만, 들어갈 때는 오르막이라는 것을 계산에 넣지 않았다.

설상가상으로 처음 오르막길에서 운동화 끈 한쪽이 풀렸다. 끈은 걸리적거리며 안팎으로 덜렁거렸다. 당연히 몸을 굽혀서 끈을 매어야 했겠지만, 미욱한 성정에 몸을 굽힐 시간이 없기도 했고, 몸을 굽혀서 버릴 1분 2분과 끈이 풀려서 방해받을 1분 2분 사이를 계산하는 머리는 실타래같이 엉키기만 했다. 누구도 실험을 해보지 않았을 두 가지 경우를 두고서 머릿속으로 계산을 한다? 그것이 터무니없는 일인 줄 알면서도 생각은 그 둘 사이를 헤맸고, 뒤뚱뒤뚱 발은 자동적으로 옮겨 떼고 있었다. 시험장 건물이 눈에 들어왔을 때는 흘끗 바라본 손목시계로 이미 시작 시간이 지나 있었다. 이 길로 시험에 응시하지 못한다면 어머니의 소원으로 지원 대학을 바꾼 분풀이로서 도중 하차했다는 누명을 쓸 게 뻔했다. 이제는 지각을 하더라도 일단 고사장에 갈 것인가 아닌가의 투쟁이었다.

계단에 이르러 넘어진 것은 꼭 풀린 끈 때문만은 아니었다. 오르막만 나타나도 피를 뿜어내기에 지쳐버리는 심장이 진짜 범인이었을 것이다. 고사장 문 앞에 이르렀을 때에는 5분도 더 지난 상태……. 아, 이렇게 두 학교를 다 놓치는구나. 층계를 올라온 가슴은 콩콩 뛰다 못해 겨울 두터운 옷 위까지 벌렁거리고 있었고, 시계는 재깍거렸다. 이 벽 너머, 바로 벽에 밀착된 책상 하나에 빈자리, 응시학생 한 사람이 없구나…….

우연이었을까? 시커먼 문이 열리고 하얀 단정한 얼굴이 나타났다. "봐요, 학생, 여언가요?"

아니, 다시 쓰자. 나는 문을 붙잡았다. 숨을 몰아쉬고, 시간이 흘렀다. 눈을 떴다. 문을 조금 열었다. 시커먼 문이 열리고 하얀 단정한 얼굴이 나타났다. "봐요, 학생, 여언가요?" 가리키는 손가락 끝에 빈 책상이 눈에 들어왔다.

이제 와서 문이 안에서 열렸는지, 밖에서 열렸는지는 알 수가 없게 되었다. 많은 세월 동안 그 순간을 생각했기 때문에, 여러 버전으로 기억했던 그 장면의 원본을 잊어버린 것이다. 분명한 것은 손수 그 빈 책상을 가리키시며, 나를 앉게 하신 교수님의 엉거주춤한 행동이었다. 덮여 있던 시험지를 뒤집어 글자를 올려 놓으시기까지 했다. 까만 것은 글자고 흰 것은 종이구나……. 나는 까막눈 비슷했다. 놀람의 눈물인지 감동의 눈물인지, 시험지는 뿌옇게 변해갔다. 그렇게 치른 5교시 과목은 공교롭게도 전공이었다, 독문과 입시생들을 위한 독일어 시간.

 그렇게 해서 나는 지각생을 내치시지 않은 교수님, 김영호 교수님 덕으로 이화 식구가 되었다. 60년대 학부, 70년대 대학원, 80년대 박사 과정을 이화에서 공부하면서, 그 시발점에는 지각생을 내치시지 않은 교수님이 계신 것을 상기하곤 했다. 오늘 이렇게 입시에 늦는 학생이 있으면 더욱 그렇다. 꼭 선생님을 본받으려는 생각에서는 아니겠지만, 지각생에게도 언제나 기회가 주어진다. 사실은 내가 교단에 선 이래 지각생이나 결석생을 결코 홀대하지 않는 숨은 이유 또한 선생님께서는 짐작도 못 하실 비밀로 남아 있다.

지난 학기에는 모교의 학위 논문 심사에 합류해서 감시 회로까지 갖춘 현대식 교수실을 드나들며, 그 옛날 칸막이 교수실의 사랑 반만이라도 나의 제자들에게 돌려주고 있는지 새삼 코끝이 찡했다. 아슬아슬한 입학 후 여전히 지각 결석이 많았음에도 불구하고 무조건 믿어주시던 강희영 교수님도, 김영호 교수님도 이화 역사에 많은 기여를 하시고 정년하신 지 오래이다. 너무 오랫동안 배워서 다 베껴먹은(?) 이병애 교수님마저 이제 곧 교정을 떠나시게 된다니, 내년 이맘때의 모교가 얼마나 썰렁할까.

[2002]

천재와의 만남

1

해방의 떠들썩한 열기가 식어버린 새해 혹독한 겨울 지방도시에서 태어난 그녀는 바다 구경 한 번 못한 우물 안 개구리로 상경하여, 이화여자대학교에 입학시험을 치르는 겨울 또한 혹독한 추위를 실감했다. 합격 통지에 한껏 누그러진 봄이라 해도 서울은 여전히 추웠다. 돌벽으로 된 기숙사 건물만큼이나 이질감으로 추운 방은 마찬가지로 썰렁한 교회당과 더불어 냉랭한 서울 시대를 열었다.

손이 시린 봄은 마음도 시리게 한다. 왜 그래야 되는지도 모르는 채로 대의원이 되어서, 칸막이 교수실로 학생-교수 간 심부름을 다니던 걸음걸음이 얼마나 가시밭이었을지. 게다가 유창한 독일어로 일년생 기를 죽이는 '독특 썰렁한' 교수님의 서슬에 – 나중에 가서야 그 여자분이 독일에서 갓 귀국한 유명한 천재로 불린다는 것을 알게 되었지만 – 그녀는 아예 아무 말도 못 하는 벙어리가 되었다. 사투리건 표준말이건 우리말까지 아예 더듬는, 주눅 든 꺽다리. 큰 키는 당시 그리 탄성의 대상도 아니었고, 쥐구멍을 찾고 싶을 땐 오히려 단점이 되었다. 그때 주눅 든 버릇으로 지금에 와서 등이 남달리 일찍 구부정한 것이리라.

　　천재 교수님은 검은 스카프를 즐기셨다. 첫해, 봄의 기억은 그것뿐이었다. 그분이 그녀들에게 친칭을 썼는지 경칭을 썼는지도 들리지 않았던 것으로 미루어, 문법은 충분히 마스터했노라 자부했던 독일어 실력(?)이 아무것도 아닌 것으로 드러났다. 과외로 학원에서

중단편소설까지도 읽었던 독해력이 적어도 대화하기에는 전혀 도움이 되지 않았다.

　문제는 그녀가 남녀칠세부동석의 규율로 키워진 시골 학생이라는 데 있었다. 남자 교수님들보다는 친근해야 할 대상으로서 여성만을 찾고 있었던 탓이다. 그러나 여자 교수님은 드물고, 서양 선생님도 영화에서처럼 낭만적이 아니라, 새의 부리 같은 날카로운 느낌만을 받았다. 자연히 천재 선생님이 오시는 요일에만 교수실에 갈 핑계를 찾았다. 그러나 말로는, 그 천재 선생님이 왠지 싫어서 그분 오시는 날엔 교수실 들르는 일을 피한다고 광고했다. 이율배반의 감정으로 못난 시골티를 감추며 그 선생님만을 의식하고 있었던 사실은 너무도 훗날에야 깨닫게 되었다. 그럴 것이 곧이어 진짜 독일어 목소리를 가진 여교수님이 부임하셨고, 너 나 할 것 없이 그 이성적인 교수의 표상인 독일어 목소리에 빠져버렸기 때문이었다.
　그녀들 몇몇은 그 시냇물 구르듯이 읽는 독일어 목

소리에 반해서 독일어로 '시냇물(Bächlein)'이란 이름의
스터디 그룹으로 성장했다. 스터디 그룹은 생존의 방
법이기도 했다. 독문과 공부라는 것이 과목마다 상당
한 분량의 원서를 한 학기에 읽어내는 것이었지만, 그
녀들은 터무니없이 실력이 부족했고, 교수님들은 더
러 나머지 부분을 숙제로 내주시기 때문이었다. 번역
본? 그런 것이 있었다면 그렇게 공부만 하느라 세월
보내지 않아도 좋았을 것이다. 일단 나머지 분량을 몇
등분해도, 불안한 소심증의 그녀는 소설 작품이건 드
라마건 전체를 보아야 했고, 밤샘이 습관이 되었다.
천재 선생님은 어느새 다른 대학으로 옮겨 가셨고, 그
녀들은, 적어도 그녀는 그분을 잊었다. 무수한 밤샘의
나날에서 잊었다고 생각했다.

　검은 스카프는 사실 첫 학기가 끝나가는 여름까지
도 여전했다. 자세히 살펴보려고 하지 않았지만, 검은
스카프는 앞쪽으로 당겨져서 턱 끝에서 묶여 있었고,
그러면 삼각형 얼굴이 드러났다. 5월 말 메이데이 행

사 때면 성급한 민소매 원피스도 등장하고 있었는데, 그에 비해서 학기말까지 검은 스카프라면 조금은 섬 뜩했다.

선생님의 총애를 받는 동기생이 있었는데, 그 애 또한 놀랍게도 선생님을 따라서인지 시커먼 눈매를 하고 검은 색 옷을 즐겨 입었다. 그 아이는 사업가인가 장차관인가의 딸로서, 아무튼 엄청 (돈)귀족에 미스 코리아 같은 몸매를 지닌 부족할 것 없는 친구였지만, 대개는, 그리고 그녀도, 일부러 못 본 체했다. 왕성한 흡습성 의식에도 불구하고 나누어줄 공간이 없었다고 할지.

그리고 천재를 잊었다, 잊었다고 생각했다. 그녀들에겐 보다 지적이며 시냇물 구르듯이 독일어를 읽어주는 새로운 우상이 나타났으니까.

2

인연은 길고 길어서 그녀는 60년대 70년대 80년대

를 한 가지 공부를 위해 이화 터전에서 살았다. 이제와 본업은 지방대학교 독문학과 교수, 현대 독일소설을 중심으로 강의한다. 그녀들의 독일어 목소리 우상에게서 받은 영향으로 여성문학 강의도 시작했다. 잉에보르크 바흐만(Ingeborg Bachmann)을 새삼 경탄하며, 바흐만의 환상에 젖어들기도 한다. 심지어 작품만이 아닌, 막스 프리슈(Max Frisch)와의 좌절된 사랑에, 좌절된 공동 생활에 의미 부여를 하기도 안 하기도 하면서.

그러나 깊은 밤중이면 그녀는 글을 썼다. 여중 시절 교지에 「무제」라는 시 한 편을 발표한 것 이외에는 불모로, 여태 남의 글 읽는 데 비겁함을 소진하고 있는 자신이 안쓰러워서였다. 마침내 어느 날 장편소설 『열하나 조각그림』으로 소설계의 문턱을 넘보았을 때, 그때 그녀는 옛사랑을 다 들켜버리고 말았다. 인용된 시는 물론, 많은 지면이 오직 그 천재 선생님을 위해 바쳐졌기 때문이다. 물론 숨겨진 사랑 이야기를 담은 그릇으로 변신되어 나타났지만, 누군들 이화에서 함께

한 사람이라면 천재 선생님을 읽을 수밖에. 그가 남긴
몇 안 되는 시 중에서 「배반」은 이름조차 거명하며 인
용했고, "나는 왜 이렇게 너를 좋아할까? 비길 수 없
이. 무엇과도 바꿀 수 없이 너를 좋아해. 너를 단념하
는 것보다도 죽음을 택하겠어."라는 구절도 단어 하나
바꾸지 않고 인용했으니. 그녀는 첫 애증의 대상으로
향하고 있었다.

　이화의 첫 학기 천재와의 만남은 장 아제바도를 나
누어 품게 했으며, 오늘 밤새워 글을 쓰게 한다. 그녀
에게는 습작이란 없다. 글쓰기가 의식적인 작업이라
기보다는 그냥 살아 있는 표식이니까. "내가 원소로
환원하지 않게 도와줘……. 나를 살게 해줘……." 적
극적으로 생을 마감한 그 천재의 목소리가 환영으로
다가온다. 목소리는 어스름 글씨로 변한다.

[2003]

오프라인

아직도 내겐 아파트 입구 편지함을 둘러보는 버릇이 남아 있다. 그러나 건져 오는 것은 고지서나 광고성 안내장이기가 쉽다. 하긴 편지가 기이한 일이 되어버린 세상이다. 주고받는 명함에도 핸드폰 번호와 이메일 주소만 표기된 것이 흔하다. 세상은 온라인이 오프라인을 추월한 지 오래다.

이메일의 편리함은 말해 무엇하리. 우선 글을 쓰다가 지우거나 구겨버리곤 하던 편지지와 달리, 매번 글자를 고쳐놓는 일이 쉽다. 마음이 변하면 강도도 조절

하고 뉘앙스 다른 어휘를 고르면 된다. 상대가 읽었을까 마음 졸일 필요도 없는 것이, 읽음 확인 메일을 요청하기만 하면 된다. 한마디로, 빠르고 정확한 모든 장점 위에, 가장 중요한 배달사고가 없다. 간직하고 싶다면 보관함에, 그것도 안심이 안 된다면, '내 문서' 폴더에 옮겨서 다시 A플로피로 옮겨놓으면 거의 영구하다.

그래서인지 최근에는 엽서 하나 손수 써 보내는 일도 드물다. 하물며 손으로 쓴 편지를 받는 일은 더욱 드물다. 손으로 줄을 친 듯한 편지지에 쓴 편지 하나와 그보다 앞서 그냥 종이에 세로로 쓴 편지를 받은 적이 있다. 하나는 기념사진 한 장과 예스런 학자의 고결함이 밴, 하나는 인간미가 뚝뚝 묻어나는 선배의 글이었다. 두 분의 편지글에 답하기는 무척 어려웠다. 그러나 그렇게 말한다면 틀렸다. 실은 두 분께 전화로 답을 해야 했다면 더 어려웠을 것이라는 생각이 들기 때문이다. 많은 사람들이 전화의 편리성을 든다. 그런데 나는 정말로 전화가 어렵다.

안녕하셔요, 저 아무갭니다. 선생님, 사진까지 일부러 보내주시고. 그런데 지난번 뵈었을 때…….

그러면 저쪽에서 말씀이 시작될 것이다. 먼 데서 일부러 올라와줘서 고마워요. 거, 얼굴이 피곤해 보여서 잘 내려갔는지 걱정되었고, 그리고 부군도 잘 계시는지…….

그러면 또 언제 무슨 말로 대답을 이어나가야 할지 어려워지기 때문이다. 팥으로 메주를 쑵니다!…… 라고 했더라도, 아 그래! 하고 믿어주셨던 은사님을 고향으로 내려온 이래 몇 번이나 뵈었던가. 겨우 산수(傘壽)연에 다녀온 것을 칭찬하시니 송구스러울 따름이고, 대학 생활 전체가 테트리스 조각처럼 한순간에 내려와 쌓이는 바람에 꼭 드려야 할 말을 놓치고 만다.

선배님에게 또한 마찬가지이리라. 초록빛 바다색 아니면 비취색 하늘거리는 가운데 단아한 얼굴 모습에 압도당하던 느낌을 전화로는 말할 수 없다. 혹시 모를 내 작은 잘못에, 음색만으로는 조금 노여워하시는 것인지 그냥 넘어가주시려는지 알 수가 없고, 그 순간 어떤 반응도 멈춰버리는 것이 순발력 없는 내 본바탕이다.

전화보다는 이메일을, 이메일보다는 편지를 선호하는 내 마음 바닥에는 서툰 대인관계에 대한 두려움이 깔려 있다. 내가 어느 결에 교사가 되었을 때, 학생 때의 나 자신이 문제학생 사례연구 대상이었음을 알게 된 것인데, 중2 때 담임 선생님께 집중적으로 불려가곤 했던 일이 그것이었다. 결석이 좀 잦은 것을 제외하고는, 공부도 어지간히 하고 공납금도 아무 문제 없던 내가 왜 문제학생이었을까? 편모, 편부도 아닌, 계모, 의부도 아닌, 정상적인 대가족의 맏이가 무슨 문제를 가졌다고 비쳤을까? 이유는 곧 알게 되었다. 인성검사에서 지배성, 도덕성, 사회성 등 무슨 인성들을 수치로 조사하면서, 모든 성질에서 25~75% 안에 들어가기를 중용의 인간이라고 치는 모양이었다. 그러니 사회성 불량으로, 뭔가 15% 미만임을 추궁당했던 기억이 늦게서야 떠올랐다. 그래, 나는 사회성 문제아

였구나!

그러니까 우선 부모님과의 관계였을 것이다. 매사에 긍정적이고 활달한 어머니를 이해하기엔 어렸고, 나는 소설 속의 전통적 어머니상을 그렸다. 어머니에게는 모든 어머니들의 착각처럼 자식들은 최고가 될 소질이 보였을 것이고, 피아노와 미술은 기본으로, 남자애들은 웅변술까지 과외를 시켰으니, 그때 원조 치맛바람은 우리를 수소풍선처럼 띄워 올렸다. 생각보다 못난 우리는 아무것도 아니고 싶었는데.

아마 중학교의 자유는 어머니로부터의 해방이었을까? 중심에서의 이탈은 간단했다. 금지된 장난을 골라서, 부러 내리막길을 달렸던 시절이다. 큰 나무의 오디를 따 먹으려면 날렵한 친구가 나서야 했지만, 실습지 토끼장의 토끼들을 교정 끝자락 풀밭에 놓아주는 것은 식은 죽 먹기였다. 이래저래 선생님들의 눈 밖에 난 친구들 사이로 스며들기는 쉬웠다. 토끼들이 토끼장에서 사라지면 범인(?)들은 토끼를 다 몰아넣기 전까지는 수업에 들어가지 않아도 되는 특권을 누렸다. 허리까지 자란 풀밭에 털썩 누워버리면 하늘은 풀밭과 맞닿게 내려앉고, 우리는 하늘 속에 누웠다. 주머니를 함께 털어서 철조망으로 헐렁한 담장을 통해 싸구려 꽈배기를 사 먹었다. 그 순간에는 네 것 내 것 없는 완전한 공동체가 실현되었다. 불량 꽈배기의 밀가루와 기름은 양분인 것이 틀림없으니, 나는 자꾸 쓰러지는 약골로 자랐지만 키가 클 대로 컸다. 가끔은 상표도 없는 아이스케이크도, 얇은 삼각 비닐주머니에 빵빵하게 담긴 색소와 사카린으로 만든 주스(?)도 먹었다. 어머니는 그런 것은 양잿물이라고 말렸지만, 맛은 달콤하기만 했다.

어머니는 한없이 금기를 내놓으셨다. 금기에 대항하느라고, 책가위를 누구보다 가장 예쁘고 깔끔하게 싸주신, 연필 다섯 자루를 저녁마다 깎아서 키대로 나란히 필통에 넣어주시던 아버지를 생각할 겨를이 없었다. 무의식적으로 책과 필통은 사랑스러웠지만, 학교에는 어머니를 대신할 여선생님들이 많았다. 요구와 간섭은 어머니를 능가할 지경이었다. 그래서 담을 쌓았고, 사회성이 전혀 없는 문제아라고 주목받았을 것이다.

아니, 그건 변명이다. 지금도 함께 생활하는 직장에 80명 가까운 사람들이 한 건물에서 연구 생활을 하는데, 그중 얼굴과 이름을 다 알 수 있는 경우는 반이 될까 말까다. 그들은 내게 아무런 간섭도 하지 않는데, 간섭 때문에 사람을 기피한다는 변명이 틀리지 않은가.

그래도 나는 생각한다, 사람이 사람에게 말을 걸거나 대답을 하는 것 – 그것은 역시 어려운 일이라고. 공부를 해도 해도 그것은 어렵고, 나이를 먹어도 먹어도 그것은 어렵다고. 마주쳐서는 말이 안 떨어지면 목례라도 무슨 몸짓이라도 하는데, 그것이 정말 어려운 것은 전화라고. 수화기 저쪽에서 대답하는 목소리에다 대고, 처음 무슨 단어로 말문을 열 것인지, 그것을 결정하기는 여전히 어려운 것이라고.

그래서 편지가 덜 어렵다고 생각한다, 이메일이건 종이편지이건. 그중에서도 쉽게 PC에 저장되어 무생물 같아지는 이메일보다는, 여간 잘 간직하지 않고서는 곧 사라지는 종이 편지가 부담이 없어 좋다. 문제는 여전히 덜떨어진 사회성이다. 더구나 이런 감동적인 편지를 받아본 후에는, 아마 누구도 쉽게 편지지를 펼치지 못하리라. 아니 어떤 단어로도 그 시작을 찾지 못하리라. 나는 그저 저물어가는 오프라인 시대의 추억에 잠긴다.

튼튼한 몸이 중요하다고 말합니다.
나는 당신의 튼튼한 정신이 좋습니다.
아직도 새파랗게 날이 선
당신의 젊은 정신이 좋습니다.
미안하고 죄송하지만
정신의 튼튼함이 당신의 육체를 병들게 한다고 해도
나는 결코 '몸 생각해서 정신을 쉬라'고 말하지 않

겠습니다.

항상 웃는 부드러운 입매가 중요하다고 말합니다.

하지만 나는 당신의 엄격한 입매가 좋습니다.

정말 죄송하지만

혹시나 많은 사람들이 당신의 굳은 입매가 싫다고,

당신을 멀리한다면

나는 참 기뻐할 겁니다.

그만큼 당신은 제 것이 될 테니까요.

200×년 1월 ○ ○ ○

[2004]

내 딸의 어머니

내 가능한 딸에겐 내가 어머니일 것이다.
내 딸의 어머니에게도 물론 어머니가 계신다.
그 어머니에게도 또 어머니가…….

누구나 사춘기에는 자신의 평판에 예민하다. 그 시
절 평판의 첫 가름은 얼굴 생김새다. 그녀는 천하미인
소리를 듣는 예쁜 여동생과 짧은 터울로 고민이었다.
겉으로는 평온을 가장할 수 있고 말수 적은 표정으로

넘기며 하릴없이 책상에나 붙어 지냈지만, 속으로는 세상이 불공평했다. 물오리란 별명을 들으리만큼 씻고 또 씻는 습성에도 돋아난 여드름은 참을성을 폭발시켰다.

예쁜 여동생은 정말이지 상대적으로 말하자면 잘 씻지 않는 것 같아도, 그 매끈한 피부마저 동네는 물론 학교에서도 제일을 뽐냈다. 여드름이 이마에만 송기송기 돋을 때엔 그래도 참을 수 있었다. 이마에 나는 여드름은 누군가가 당신을 좋아하는 증거다 하는 속설 때문에. 하지만 볼에까지 빨간 뾰루지가 돋기 시작했을 때는 심각했다. 게다가 예쁜 여동생은, 어마, 언니도 누굴 좋아하는 거야, 그러네, 하면서 예쁘고 까만 눈을 흘겼다.

그런 어느 날 그녀는 유난히 희고 고운 피부를 가진 어머니에게 불평을 터뜨렸다.

어머닌 정말, 첫째는 조물주 실패작품을 낳았더니만 둘째는 예술작품을 낳았어요?

조물주 실패작품?

어머니의 입장에서는 황당한 표현이었을 것이다. 그녀가 한참을 더 자라서 어머니가 되어서야 느낀 것이지만, 어느 어미가 제 자식을 낳아놓고 실패작품이라 느끼랴?

그녀의 첫아기도 갓 태어났을 때 도저히 미남이 아니었다. 포도같이 검고 호수같이 깊은 눈동자를 지닌 둘째와 비교하면 더욱 그랬다. 하지만 작은 눈에 남달리 푸른 눈매가 어미 눈에는 오히려 신기하기만 했다. 아무려나, 아이들은 제 어미를 힐난할 좀생이로 자라지는 않았다. 아들들은 딸들에 비해 적어도 자신의 외모에는 관대한지도 몰랐다. 아니 그런 일반론보다는, 아이들이 제 어미보다 좀 더 관대한 품성을 지닌 것이리라.

어머니 –
첫아이 실패작품을 낳았냐는 딸의 공박에 어안이 벙벙했던 그녀의 어머니는 의외로 당당하셨다. 너희들 시집가서 나만큼만 아이들 반듯하게 낳아보거라! 어머니로서 큰소리 치실 만큼 어려선 제법이었던 자식들이 그때의 어머니 나이를 훨씬 넘긴 지금, 자식들 모두 제 아이들이야 어떻건 사는 형편들이 어머니처럼 큰소리를 낼 계제가 못 된다. 물질의 권능을 느끼지 못하고 성장기를 보낸 아이들은 자라서는 분명 그 물질에 당하게 되는 것이 세상 이치인가 보다. 물질의 중요성을 너무도 늦게 깨닫거나, 여전히 깨닫지 못하고 산다. 농본주의에서 자본주의로 세상이 바뀌었으되, 사업 공식에 접근하지 못하고 유아적 신뢰로 사람들을 대하다 보니 건지는 것이 없다. 철없는, 더러는 기고만장하던 자식들이 재력의 손상과 함께 권위는커녕 자칫 품위도 상실해가는 것을 지켜보아야 하는 어머니. 그 아린 가슴에도 습관은 추억을 버리지 못하시는.

 소도시에서 방학을 맞은 딸이 어머니를 뵈러 올라온 날이다. 실패작품과 예술작품 다음으로 떡두꺼비 같은 아들들을 낳으시고 얻은 반듯한 셋째 딸이다.

어머니 좋아하시는 맛있는 데 가서 점심이나 하시지요.

점심은 무슨, 맨날 먹는 것이 밥 아니냐.

그래도 어머니…….

누구 운전하래서 어디 물가에나 다녀왔음 싶구나.

물가.

그렇다. 물가에도 가지 않고 여름을 난다는 것을 참을 수 없는 어머니다. 젊은 시절, 어린 아이들 살필 사람 많으니 봄가을 몇 차례씩 설악산으로 제주도로 관광 1세대를 자랑하시던 가락이 여전하신 것이다. 해외여행 붐이 터지자 관광 목적지는 넓어갔다. '내가 십 년만 젊었어도 꼭 이민 가서 살겠더라!' 뉴질랜드의 경관에 감탄하신 것이 칠순 무렵이시니, 정신적인 에너지는 차치하고 건강 또한 그만하면 되신다. 그런데 팔순을 넘기신 뒤로는 사정이 좀 다르다.

특히 올여름은 실패작품 큰딸네도 고장이 나 있다. 모처럼 막둥이 생일을 핑계 삼아 모두들 며칠 쉬자는 − 어머니의 관점에서는 며칠 사는 것처럼 살자는 − 땅끝 콘도 예약도 틀어지고 말았다. 그러니 며칠 전 다녀온 예술작품 둘째네 전원 생활의 품은 양에 차지 않으신 것이다.

선크림도 안 바르는 여자가 어디 있다더냐!
어머니는 둘째네 도자기골을 가실 때마다 선크림을 사 들고 가시지만 매번 퇴짜다.
그렇게 예쁜 딸을 낳아서 그렇게 예쁘게 길러서 − 이 예술작품도 이화인이다 − 시집 보내놓았더니 이제 와 시골 생활이라니. 시커먼 고무신에 그보다 더 시커멓게 탄 발등을 하고, 뭣이 좋아서 저 아줌마들하고 종일 살 거나. 할매들 몸뻬바지 고무줄이나 넣어주면서. 다른 자식들에게 푸념이시다.
그 아주머니들을 할머니들을 단체로 난생처음 제주도 여행도 데려갔대요. 제 신랑 말이 '몽강리 여자주민

탐라국 원정대' 대장 노릇 했다나요?

참 할 일도 없구나. 한 되 찧으면 두 되 나올 거라더니, 기껏!

어머니는 '제주도'라는 지점에서 특히 속이 상하셨을 것이다. 어느 자식 하나 어머니 모시고 제주도 다녀올 생각을 안 하기 때문이다. 핑계라면, 자식들 누구도 어머니는 젊어서 충분히 충분히 제주도를 오가셨다는 기억에서 벗어나지 못하는 터다.

어쨌거나 시커먼 얼굴로 흙 속에서 살아가는 예쁜 딸의 모습도 일본식 미인 기준으로 살아오신 어머니로서는 통탄할 일이다. 어머니는 항상 '살빛 그을린다고' 한여름에도 얇은 긴팔만을 고집하셨다. 그렇지만 이제 팔순도 넘기시지 않았나! 그것은 딸들의 착각이다. 지금도 차라리 덥고 말지 반팔을 못 입으신다. 지난번 집에 잠깐 오실 때 과일가게에서 수박 짐 들려 보내며 뒤따라 몇 발 걸으시고 땀을 흘리셨기에, 더운데 좀 짧은 팔 입고 다니시죠, 라고 했더니 답은 의외였다. '팔꿈치가 다 늙어서야……' 딸은 무심하다. 어머니도, 참. 누가 어머니 팔꿈치 보고 다닐까 봐서요? 제 나이도 밖에 나가면 아무도 안 쳐다보는걸요.

그때도 어머니는 마음이 상하셨을까? 가까운 냇가에라도 드라이브를 하려던 그날, 어머니는 꼼꼼하게 또 꼼꼼하게 화장을 하시더란다. 파운데이션을 곱게 곱게 펴 바르고 그 앞인지 뒤인지 또 선크림을 조심조심 펴 바르고……. 드라이브 다녀와서 해 안에 다시 소도시로 내려가야 하는 셋째의 입장에선 바쁘기도 하고, 해서 튀어 나온 말이었을 것이다. '어머니, 그냥 대충대충 하세요, 누가 본다고요!' 어머니는 막 바르려던 립스틱을 홱 던져버리시더란다. 며칠 전 큰딸이 했던 말이 생각나셨을까?

저녁 늦게 멀리 전화로 후일담을 나누던 두 딸은 웃고 말았다. '우리도 나이 들면 더 열심히 단속을 하게 될지 알겠어? 또 깔끔한 것이 백번이나 낫지 뭐.' 허나

웃음은 곧 썰렁함으로 바뀌었다. 화려함의 끝에 서 있는 어머니의 삶이 걱정이었다. 그렇게 파운데이션을 공들여 펴 바르고도 외출할 곳이 점점 줄어드는 어머니. 세상은 바뀌어 전체가 업그레이드다. 그냥 멈춰선 자리매김에 혼돈스러워 추억 속에서나 자존감을 붙들고 계시는 어머니가 안타깝기만 하다.

아카시아 향기 ─ 어머니는 라일락 향이라고 하시지만 ─ 그 아련한 어머니의 체취가 특정 화장품을 평생 고집한 덕택인 것을, 그녀는, 딸은, 훨씬 나중에야 알았다. 어쩌다 아이들이, 우리들이, 용돈을 모아 선물한 이상한(?) 크림일랑 뚜껑도 열지 않으신 결과인 것을. 그런데 그녀는 브랜드 같은 것은 아예 무시하고 먼저 눈에 들어오는 대로 로션을 집어 든다. 나중에 제 아이들이 선물할 화장품이면 무엇이건 기꺼이 쓰겠다는 시위라도 하듯이.
하지만 그녀에게는 어머니에게 화장품을 선물하고 싶어 하거나 예쁘게 낳아주지 않았다고 불평할 딸이 없다. 딸의 귀감이 되어야 할 의무가 면제된 삶은 한편 자유스러웠다. 하지만 딸의 시선이 의식되지 않은 삶에는 비판의 시금석이 빠졌을까 겁도 난다. 그 딸의 어머니로서, 딸아이가 제 어머니와 공통분모를 찾아 분석하는 일이 이제서 궁금하지만, 그건 이루어질 수 없는 꿈이다. 사람은 꿈속에서도 논리를 지닐 수 있을까? 가능한 딸의 분석에 평균점은 되는 어머니이고 싶은 부끄러움을 가리려는 듯, 큰 부채로 손을 뻗는다. 바랜 창호지 부챗살이 몰고 오는 시원한 바람에 상념은 더 높이 난다.

[2005]

내적 자유

자유로 쓰세요 – 이것이 올해의 에세이 주제로 추천된 단어이다. 그동안의 특정 주제 '모교' 또는 '어머니' 등에 비해 자유로운 주제를 대하자 첫 순간 자유를 느낀다. 자유는 사전적인 의미로, '남에게 구속을 받거나 무엇에 얽매이지 않고 제대로 행동할 수 있는' 어떤 상태를 말한다. 그것이 피상적으로는 그리 어려운 것도 아니다. 나 자유인은 자유민주주의 국가에서 자유권을 누리고 자유롭게 살아간다. 자유시장경제에서, 자유선거도 하고, 자유언론을 누린다. 자유교육을 받았고, 자유연애(?)를 통한 자유결혼에 이르렀으니

사적으로도 자유로워 마땅하다. 나는 나의 내적 자유에 따라 글을 시작하면 된다.

그럼 나의 내적인 자유 지수는 어떠한가. '정신이나 마음으로 누리는 자유'를 말하자면 그러나 어딘지 모르게 움츠러든다. 예컨대 국공립학교의 교원은 학문 연구와 강의에서 원칙적으로 자유롭다. 정치범 혹은 파렴치범이 아닌 다음에야 퇴출될 일이 없으니까. 사적으로도 느긋한 가족 구성원들 덕택에 자유를 제한당할 일이 없어 보인다. 그런데 그것이 아니다. 하루 스물네 시간 눈을 뜨고 있는 동안은 무엇인가가 나를 옥죈다. 조금 더 많이 연구하고, 조금 더 잘 가르치고, 조금 더 신망을 얻고, 조금 더 사랑받기 위해서 부단히 내 자유를 감춘다. 쉬고 싶은, 잠자리에 들고 싶은 유혹마저 뿌리치면서 책상에 앉아 있게 되지만, 그것은 자유의 이름으로 그렇다. 누가 꼭 그만큼을 강요하지는 않기 때문이다. 어떤 일탈을, 아무도 상상하지 못할 일탈을 꿈꾸지만, 꿈은 늘 추상적인 안개에 다름 아니다. 인간관계의 역할강제에서 거의 자유롭지 못하지만 그것 또한 자유의 이름으로 그렇다. 자유의 대단한 능력이다.

어느 토요일 아침, 목욕 바구니를 들고 집을 나선다. 오랜만의 목욕 준비에 빠진 것이 많기도 하고, 또 혹시 급한 이메일이 있으려나 보고 가려다가 혹시나 학내 문서까지 체크를 하려니 여러 번 들락날락하다가 정말 집을 나선다. 모퉁이를 돌면 큰길이다. 벌써 골목 바람이 시원하게 얼굴을 스친다. 그때 손안에 진동이 온다. 마지막 순간에 집어 들고 나오느라 전화기가 아직 손안에 있었나 보다. 아차, 어제 이맘때 출근길에 받았던, 같은 이의 전화다. 두어 번 만난 소설가로, 신작 소설책을 전해주는 일로 누군가의 이메일과 전화번호를 물었는데, 집에서 쓰는 컴퓨터에 저장된 때문에 말해주기가 불가능했었다. 저녁에 전화해주기로 했었는데…….

아, 예에, 안녕하세요. 저 오늘은 마침 집입니다.

거짓말이 술술 나오다니 스스로 놀란다. 순전히 답 전화를 하지 못했던 미안함 때문이다.

저 지금 컴퓨터를 켜놓지 않아서요, 제가 지금 열어보고 곧 전화 드릴게요.

이 말은 참말이다. 거짓말에 근거한 참말.

밖에서 아기 울음소리를 들은 어미의 발걸음으로 집 안으로 쫓아 들어가자마자 컴퓨터 앞에 앉는다. 최근 들어 작동이 느려진 컴퓨터가 안타깝다. 저쪽 거실에서 전화벨이 울린다. 으레 전화 담당은 나지만, 마음이 급한 김에 그냥 있어본다. 남편의 목소리가 받는다. 이쪽에서는 누님에게 느린 위로의 변이다. 누님에게 단 하나 혈육이 미국에서 다니러 왔다가 다시 떠난 하루 이틀째 시간이었다. 이야기 끝에 누님이 나를 찾으시나 보다.

집사람? 목욕을 가는가 싶던데요…….

나로서는 그냥 숨죽이고 이 급한 일을 해결해야 하는 순간이다. 거실 전화에 신경을 쓸 일이 아니다. 그런데 이 바보는 손을 번쩍 들고 거실로 나간다.

저 여기 있어요, 아직 안 갔어요.

무슨 자랑인가.

아니, 여태 안 나갔소? 애들 고모⋯⋯.

그러고서 달려가 전화를 받으니, 딸이 미국 제자리에 도착할 시간이 몇 시간이나 지났는데 소식이 없으니, 그쪽에 전화를 해보라는 당부이시다.

우리 수녀님이, 어째 방에서 전화를 받지 않으니, 본원에다 전화를 해야겠고. 그러자면 꼬부랑말을 알 수 없으니 어쩌겠는가. 자네가 좀⋯⋯.

예, 예, 그런데 제가 지금 급히 하던 일이 있으니 잠시 후 다시 전화 드릴게요.

사실 미국 중부에 위치한 수녀원 – 함께 다녀온 적도 있지만 – 사무실의 전화번호를 내가 폰에 저장해 놓았을 리 없으니까 또 어딘가 뒤져봐야 하고. 여차여차해서 도착 시간이 정확하게 언제쯤인가도 미리 알고서 전화를 해야 하니.

그러고서 서재로 달려와 소설가에게 전해줄 전화번호와 이메일 주소를 찾아서 답 전화를 한다. 내 급한 사정과 팔순 노인네의 더 급한 사정을 알 리 없는 그녀에게, 가능하면 바쁜 목소리를 내지 않고서 축하 말까지를 잊지 않는다. 작가가 책을 내는 일을 산고에 비하면 산모에게 모독이 될까? 어쨌거나 축하를 받아 마땅한 그녀였으니까.

그러고서 다시 컴에서 수녀원 전화번호를 찾아서, 뇌의 코드를 얼른 바꾸고 혀를 꼬부려서 여전히 부자연스런 통화를 시도한다. '프롬 코리아'라는 키워드에 금방 느리고 똑똑해지는 친절한 상대 덕에, 누님의 외동딸 수녀님이 '아직은' 도착하지 않았지만 '곧 도착 예정, 지금 모두가 기다리고 있는 중'이라는 상황을 듣고 전해드릴 수 있게 되기까지. 휴우, 숨을 적게 쉬면서 서둘렀지만, 목욕바구니를 들고 회항을 한 시점에서부터 쉬이 20분, 어쩌면 30분이 지나갔다. 상쾌한 아침 공기를 맞던 이마에 어느새 미세한 땀이 배어나 있다. 땀만 아니라면, 그냥 바구니를 풀고 싶다. 다시 일어서서 대문을 나가거나 아니면 주저앉거나, 이 작은 망설임에 갑자기 자유의지가 멍해진다. 어느 쪽을 내가 원하는가.

　살아간다는 것은 크고 작은 갈림길의 순간순간의 합계이다. 가도 안 가도 좋을 목욕이었으니 가도 안 가도 괜찮지만, 가다가 핸드폰 통화로 돌아온 일, 와서도 그냥 있으면 없는 줄 알 것을 있다고 설쳐서 기어코 집전화를 받은 일, 그런 순간의 선택이 하루아침을 숨차게 만들었다. 길에 서서 집이라고 바보 같은⑺ 거짓말을 했으니 집으로 내달려야 했고, 그 3분 4분의 속도를 낸 것만으로 내 심장은 한참을 쉬기를 주장한다.

　부모를 선택해서 태어나지 않은 것 – 그 이후로는 선택의 연속이다. 우리는 선택의 순간에 자유의지가 작용한다고 믿는다. 필요한 일도 하지만 괜스런 일도 하고, 잘한 선택도 있지만 후회스런 경우도 많다. 자유의지에 의한 선택이었다면 후회 따위는 하지 않아야 할 것인데도. 더구나 후회스런 경우들은 꼭 기억에 남아서 다음의 선택들을 무겁게 하고, 그 때문에 또 자유라는 이름으로 감정적인 선택을 하게 한다. 하지 않아야 했던, 할 수밖에 없었던 어떤 일들이 가슴을 조인다. 하지 않았던, 했어야 했던 어떤 일들이 가슴을 조인다.

그날 아침의 혼란스럽지만 그 나름 친절한 일들은 어쩌면 과잉이었다. 가던 길을 돌아와서까지 전화번호를 그 시간에 꼭 알려주어야 할 만큼 급박한 이유는 없었고, 시누이의 전화를 꼭 그 순간 자청해서 받을 일도 아니었다. 누님의 외동딸은 한 시간 남짓 지나 도착했다는 전화가 온 모양이다. 그럴 걸, 필요 이상으로 서두르며, 꼭 해야 할 일을 하는 줄로 알고 산다. 그러니까 그 과잉은 옛날에 했어야 했던, 그러나 하지 않았던 어떤 일에 대한 평생의 보상 심리에서 나온 것에 불과하리라.

과거의 시간들이 기억으로서 현재에 존재하는 한, 현재의 시간에 자유의 공간이 줄어든다. 미래의 시간이 기대로서 현재에 존재하는 한, 그 또한 자유의 공간을 줄인다. 과거 때문에도 미래 때문에도 자유

롭지 못한 인간 존재가 여기에 있다. 나의 내적 자유
여 ― 자판 위를 열에 들떠 떠도는 열 손가락들은 한
조각 자유를 토로해낼 수 있을 것인가? 여전히 이름
석 자의 피복 속에서 자유를 꾸며대고 있을까?

그렇다고 자유의지대로 되는 일도 썩 없다. 특히 창
작의 경우, 그 노력과 고통만큼의 결과는 깜깜 미지수
다. 사람이 예술과 학문에서 완전한 독창적인 자유로
창작을 할 수는 없다던 에. 테. 아. 호프만(E. T. A. Hoff-
mann)이 느닷없이 떠오른다. '영감이란, 그 영감 속에
서만이 창작이 가능한 법인데, 자신의 내부로부터 나
오는 것이 아니라, 무엇인가 우리 자신의 외부에 존재
하는 보다 높은 원칙의 영향'이라던. 어떤 높은 원칙
이라면, 영감과 배치되는 범주이기도 하다. 자유 또한
한없이 어려운 개념이다.

[2006]

어떤 우아한 옷을, 훌륭한 장신구를 걸쳐도
더 이상은 멋이 나올 수 없는 몸에게
이제 어떤 물건도 소중하지 않다.
몸을 위한 물건들보다는 맘을 위한 추억들이 귀하다.

구멍 난 옷

구멍이……. 저기, 이 옷에 구멍이 나버려서…….

저물녘에 세탁소 아주머니가 느닷없이 초인종을 누르고서 어물거린다. 예고 없이는 오가지 않는 것이 수년간 이 세탁소와의 자연스런 일상인 터라 의아했다. 손에는 종이 가방을 꼬옥 움켜쥐고 있다. 가스레인지 위에는 국이 얹어져 있어서 나는 조금 성가셨다. 더듬거리는 말로는 옷에 아예 구멍이 나서 못쓰게 되었다는 말이고, 그렇게 꺼낸 옷은 내 하얀 블라우스다.

그제야 감이 잡히면서 난감해졌다. 와이셔츠나 블

라우스 정도는 세탁소에 보내지 않던 내가 하필 처음 보는 천이라서 드라이를 맡겼던 옷이다. 면섬유인 줄 알고 샀는데, 그것도 상황 때문에 어쩌다 비싼 옷집에서 구입한 것인데, 잘 보니 순면이 아니라 뭔가가 코팅되어 재킷 대용으로도 될까 싶은, 아무튼 얼른 보아도 복잡한 천이라서 자신이 없어 세탁소에 보낸 것이었다.

여자는 계속 중얼거렸다. 다른 집 와이셔츠들 다리고 나서 같은 것인 줄 알고 다렸는데, 다리미 대자마자 눌어가지고 그만. 보니까 새 옷 같아서……. 대신 사보려고……. 그래서 태그에 붙은 전화번호를 돌렸는데. 몇 번을 해도 안 받으니 폐업했나 싶고.

처음으로 세탁한 블라우스에 폐업이 된 상표가 붙어 있다고? 불과 몇 년 사이 폐업일까 의아했지만, 그것은 내가 알 바 아니었다. 왠지 처음부터 옷이 적당히 맞춰 입기에도 좀 뭣했고, 또 직장에서는 수월한 옷들을 입기 때문에 구입하고 몇 년이 지나도록 선뜻 입지 않았던 것이다. 그러다가 올봄에는 아예 누렇게 헌 옷이 되는가 싶어서 두어 번 입었을 뿐이다.

눈다 못해 구멍이 뻥 뚫려버린 옷을 받아들고 보니 짜증이 난다. 그러기에 과하게 비싼 옷은 내 것이 아니로구나! 부엌 쪽에서는 국물 냄새가 진동한다. 끓기 시작한 모양이다. 그럼 불이라도 줄여야 하는데……. 가만, 교양 있게 굴자. 이까짓 블라우스 하나가 뭔가. 나에게나 비싼 옷이지, 남편의 와이셔츠들을 줄줄이 세탁소에 보내는 여자들의 옷들에 견주면 이게 대수일까. 기껏 블라우스는 블라우스지. 진정하자, 진정해. 20년 넘게 살아온 아파트에서 이깟 일로 얼굴 붉히면 되나.

제가 지금……. 일단 주세요, 주고 가세요. 불에 뭘 얹어놓아서.

다른 것으로 사시기라도 하라고…….

아니, 그런 말은 아니고요. 뭘 어쩌겠어요. 일단 주고 가시라니까요.

빼앗다시피 옷을 들여오고 문을 닫았지만 마음은 양편으로 무겁다. 가진 것 중에서 가장 비싼 블라우스를 망친 내가 밉고, 저자세로 굽실거리는 여자가 밉다. 국은 벌써 끓어 넘치고 있다. 넘친다, 넘친다⋯⋯. 그때 생각이 났다. 내 그릇에 넘치는 복은 됫박을 넘치면 굴러버리는 콩 되마냥 넘치게 마련이다. 이건 내 옷이 아니다. 저 여자는 하필 나 때문에 저자세가 되었다. 평생 해온 세탁 보조가 느닷없이 엉뚱한 실수를 한 것은 보조 탓이 아니라 옷 주인 탓이다. 이런 것 때문에 옹졸함을 보이다니, 잠깐이지만 참 짜잔했다. 애써 좋은 마음으로 생각하려니, 그런대로 별 게 아니라는 생각도 든다. 내가 세탁소 여자의 처지가 아닌 것이 그나마 다행이었다. 운명에서 궂은 역할을 내가 아니라 그 여자가 맡아 간 것이다.

◈

엄마, 제가 꼭 S대학을 들어가게 되면 우리나라 누

군가 한 사람은 S대학에 못 가게 되는 거네요! 큰 아이가 중3 적에 했던 말이다.

아니 뭐, 숫자로 따지면 그렇기는 하다만, 그럼 넌 그 다른 한 사람을 위해서 S대학을 갈 수 있어도 포기해야 된다, 그 말?

아아니, 그냥 그렇다는 겁니다.

너 그렇게 이타적인 건 좋다만, 매사를 그렇게 살자면 무진장 힘이 들 게다.

엄마, 그게요, 이 세상에 전적으로 이타적인 사람은 드물걸요. 이타적 행동으로 좋은 평판을 얻을 것이니 결과적으로는 이기적인 셈이지요, 뭐.

기술과 시간의 숙제라나? 나무판자로 작은 책꽂이를 완성해가는 숙제를 하느라 페이퍼질에 팔려 있던 아이는 대충 해 가라는 이 어미의 말에 웃음기를 띠고 정색했다.

누가 알아요, 또 목수를 해먹고 살아야 될지도 모르니 미리 잘 배워둬야지요! 그것은 아이의 상투어였다.

누가 알아요, 또 양복장이를 해야 될지도 모르니 가위질도 잘 해야지요!

누가 알아요, 또⋯⋯.

아이들은 대강 물렁하게 자랐다. 남을 때리고 들어오면 나쁜 사람이고, 남에게 얻어맞고 오면 바보다! 나쁜 사람과 바보 중 어떤 것을 택할 것인가? 형제간이라고 다툴 수도 없었겠다. 그래 겉보기엔 별 탈 없이 자랐다. 속으론 그렇게 한 말을 지키기가 어려웠을 것이다. 아니, 그런 걸 꼭 마음에 담아두어서라기보다는 천성이 좀 무를 것이다. 해서 특별히 똑똑하게 자라진 못했지만, 이기적, 투쟁적으로 자라지는 않았다. 어미인 내가 늙어간다고 자제심을 잃고 이기적인 행태를 보여선 안 된다. 애들 보기 민망할 일이다.

❦

세탁소 아주머니의 당황함에 덩달아 곤혹스러워했

던 몇 분간이 부끄러워진다. 서둘러 싱크대 아래 여닫이문을 열어본다. 거기 과일가게 전화번호 옆에 세탁소 전화 스티커가 붙어 있다.

저 ○○○홉니다. 지금 막⋯⋯.

아, 예⋯⋯. 저쪽은 말을 잇지 못한다. 뭔가 추궁을 기다리는 듯 숨마저 죽인다.

저, 그 옷 일 잊어버리시라고요. 생각 말고 편안히 주무세요. 그냥 걱정 마시라고요.

그래도⋯⋯.

아예 말을 잇지도 못하는 여자에게 되풀이해서 걱정 말라고 말하고 나니까 내 맘이 비로소 편했다. 그런 일로 10여 분을 애태울 것이 아니었다. 집에 처음 왔을 때 선뜻 걱정 말라고 마무리 짓지 못한 내가 순간 옹졸했다. 다음 세상에 세탁소 여자로 태어나서 다림질을 잘 못해서 누군가의 문간에서 고개를 숙이는 벌을 받을 일이다.

사실 누구라도 무언가를 잃어버리는 것에 대해서

민감하지 않을 수 있겠나. 그러나 내 경우엔 이제 몇 번 입지 않은 새 옷은 오래 입어 내게 친숙한 그저 그런 옷보다 오히려 덜 아깝다. 작은 장신구 하나라도, 장신구라면 거창하지만, 실오라기로 짠 팔찌가 내게 소중한 만큼 진주귀걸이가 귀하지는 않다. 둘 다 각각 여행 기념으로 샀던 소품이었고, 특히 실오라기 팔찌는 해변의 포장집에서 산 싸구려 중의 싸구려다. 하지만 그 짙푸른 바닷물을 기억하며, 소금기 젖은 손과 입으로 '겨자'가 영어로 생각이 나질 않아서 순간 '썸씽 옐로'를 달라고 해서 핫도그를 사 먹던 일을 추억한다. 나중에 특급호텔의 비치 로비에서 마신 알 수 없는 음료와는 또 다른 맛을. 바가지나 쓰는 관광객이 아니라는 자존심과 굳이 핫도그를 들고 청승을 떠는 합리성의 속내에 대한 한심을.

멀쩡했던 블라우스가 못쓰게 되었지만 미련은 없다. 아무런 추억 하나 없는 헝겊의 모임. 내가 좋아하는 연한 청록색의 한 줄 장식이 조금 아깝기는 하다.

소매 부분에 구멍이 났다면 반팔로 자르기라도 하지 싶다. 하지만 등 한쪽이 눌어붙고 아예 손바닥만큼은 구멍이 났으니, 이제 쓰레기통 속으로 들어가야 한다. 다시 생각해보니 좋은 기회가 온 것 같다. 너절한 옷걸이들이나 삼층장 속을 뒤져서 쓰레기들을 분류해낼 일이다.

고등학교 때 가정과 선생님 한 분은 3년째 입지 않는 옷은 죄다 버리라고 하셨다. 20년 넘게 같은 곳에서 사는 나는 이사 때면 저절로 살림이 정리되는 기회도 드물었다. 그러다 보니 데이트 때 받은 스카프, 청혼 무렵 받은 머플러, 출장 다녀올 때면 선물해준 핸드백들……. 30년에 몇 번 썼을까 말까 하는 소품들을 그냥 넣어둔다. 아이들이 자라면서 선물한 것들은 더욱 못 버린다. 유치원 때 만들어준 목걸이, 처음으로 접어준 여러 마리 종이학, 머리핀 세트, 손수건, 향수……. 손수건은 잃어버릴까 쓰지도 않고 보관하고, 향수는 빈 병이 되어도 포장지까지 간직한다. 합리적인 눈으로 보자면 포장지 정도는 이제는 버려도 되는 것이 아닐까? 그렇지만 아이들이란 성장해갈수록 정신적으로도 멀어진다는 사실을 깨달을수록 — 내가 꼭 그랬으니까 — 작은 추억거리들은 눈물겹게 귀하다. 이제는 여기저기 쌓이는 사진들까지, 갈무리를 제대로 할 수 없을 만큼 많이, 내게는 그렇게나 소중한 것들로 넘친다.

어떤 우아한 옷을, 훌륭한 장신구를 걸쳐도 더 이상은 멋이 나올 수 없는 몸에게 이제 어떤 물건도 소중하지 않다. 몸을 위한 물건들보다는 맘을 위한 추억들이 귀하다. 구멍 난 옷을 버려야 하듯이, 옷가지들 등속은 좀 솎아내야겠다. 물건들이 비워진 자리에 더 소중한 추억들이 들어올 수 있게시리. 길어내도 길어내도 줄지 않는 샘물처럼.

[2007]

눈이 있었던 것

독일 영화 〈파니 핑크〉의 원제는 '아무도 날 사랑하지 않아(Keiner liebt mich)'이다. 주인공 파니는 '눈이 있었던 것'을 먹지 않는다고 말한다. 움직이는, 살아 있는 눈 말이다. 눈이 있었던 것은 살아 있었던 것이고, 그러니까 파니는 살아 있었던 것을 먹지 않는다. 살아 있었던 것(과거완료)은 지금은 죽은 것(현재완료)을 의미한다. 파니는 살아 있었다가 죽은 것을 먹지 않는다. 간단히 말해서 동물을 먹지 않는다.

동물성 음식을 먹지 않는 것은 파니뿐이 아니다. 가

녀린 체구로 강인한 여러 일들을 해내는 동료가 있는
데, 상대적으로 젊어서이기도 하겠지만 그 무궁한 에
너지가 순식물성에서 나온다. 결혼하고 자녀를 기르
는 엄마 노릇을 잘 해내면서도, 고기를 멀리하기 몇
년, 그녀의 꽤나 공격적이었을 더 젊은 날을 어렴풋이
알고 있는데, 지금의 표정은 부드럽기 그지없다. 마르
고 부드럽고. 얼핏 어울리지 않는 조합이지만, 바람처
럼 가볍게 걷고 소리 없이 움직이면서 할 일은 누구보
다도 야무지다. 어디에서 힘이 나올까. 아니, 잡식성
동료들의 저녁자리에 끼어도 미소를 잃지 않는다. 어
디에서 인내가 나올까.

⚜

　2008년, 운하와 쇠고기로 들끓는 여름을 보낸다.
운하 반대 모임에 서명을 하고 보니 그 동료가 적극
적이었다. 원래 환경론자인 것은 알았다. '인간은 자
연을 너무나 학대하고 있어요. 〈불편한 진실〉 보셨나

요? 지구온난화 때문에 근년 들어 빙하며 킬리만자로나 알프스 만년설이 엄청 녹아내리죠. 온난화란 게 말뿐 아니라 그 진행 속도가 심각해요. 인간의 소비 행태가 CO_2를 증가시켜 북극 빙하를 1년에 1% 정도 녹여내는데, 반세기 안에 플로리다, 상하이 등 해변도시들 40% 이상이 물에 잠기고, 네덜란드는 아예 지도에서 사라집니다.'

우린 사실 날마다 샤워도 해서는 안 되는 세상에 살고 있다고, 우린 이 지구에 용서를 빌어야 한다고, 그런 판에 우리나라에서 잘 있는 물길 놔두고 인공 운하라니요! 그렇게 확실히 발언하는 그녀는 순식물성 체력만으로도 어렵고 무거운 일들에 거뜬하다. 운하 문제와 쇠고기 수입 문제의 경중은 나름대로 판단한 것 같았다. 자신이 쇠고기와 관련이 없어서 그런 것은 아닌 것으로 보인다. 오히려 총론과 각론의 관계로 보는 것 같았다.

그리고 운하 문제에 지론을 폈다. 우리의 4대 강을

인위적으로 손질한다는 한반도 운하 계획은 잘 될 이유보다도 안 될 이유가 너무나 많다고. 청계천 공사도 말이 '복원'이었지 자연 하천이 아닌 인위적 이벤트 하천으로 개조됨으로써 원래의 목적이던 청계천 복원이 영원히 무산된 것 아니냐고. 지금의 청계천이 잠시 위락 시설이 될지는 모르지만 낙동강이나 섬진강이 갖는 자연에 비교가 되느냐고. 혹여 대운하의 경제적 효율성이 있다고 하더라도 강 자락이 살아 있는 한반도를 지켜온 우리 삶과의 의미 관계보다 더 의미 있는 일은 없다고. 수억 년의 지형 형성 작용 속에서 만들어진 4대 강과 샛강들이 운하로 인해서 수리 체계가 단절된다면, 강 유역에서는 크고 작은 지형 교란과 배수 기능의 교란 그리고 생태 교란이 필연적으로 발생하게 된다고.

나는 사실 운하 반대 서명을 하면서도 이론적 배경은 없었다. 놀이시설처럼 도구로 추락한 청계천과, 그것도 모범이라고 본을 따서 우리 고향에서도 유치찬

란한 하천 외부 정비에 혈세를 퍼붓는 행정에 놀라고 있는 정도였다. 그러다가 이 가녀린 동료의 실팍한 이론과 행동을 보고서야 온전한 지식인의 비판 의식에 감탄하면서, 그녀의 특별한 음식 습관에 관심이 갔다. 주지육림에 빠져서는 명철한 사고를 정립하지 못하듯이, 이렇듯 명료한 사고방식과 행동의 근저에는 그녀가 섭취하는 음식물과 생활 습관이 큰 몫을 하는가 싶었기 때문이었다.

나는 점차 채식의 장점을 찾아보게 되었다. 우리는 자칫 가난한 농민들이 밥과 김치를 주식으로 채식에 의존하고 부자 양반들은 산해진미를 향유한다고 생각하기 쉽다. 그러나 인류의 음식사를 보자면 채식은 유목문화에 이어 농경문화가 발달된 후에야 가능했던, 다시 말해서 한층 진화된 섭생법이었음을 알 수 있다. 인류는 진화의 초기 단계부터 정글의 법칙 속에서 육식을 했고, 구석기 시대에는 채집수렵에 의존해야 했으니까, 채식 습관은 인류사에서 진화로서 나타난 것이다.

살아 있는 동물을 죽여서 인간이 먹는다! 뜨거운 피가 살아서 끓고 있는 생명체를 도살하는 잔혹 행위, 그러한 잔혹 행위를 일상으로 여기는 우리에게 단말마의 고통 속에 죽어가는 동물은 잔혹성을 심어놓는다. 잔혹성은 동물을 향해서만이 아니라 동종인 인간 사이에 작용하여 작게는 드잡이와 싸움질, 크게는 전쟁이 끊일 날이 없게 한다. 만물이 인간을 위해 마련되었다는 사고 또한 친자연적이 아닌 친인간적 사고일 뿐이다. 인간이 자연의 일부라는 사고의 틀에서 바라볼 때 친인간적이라는 것은 배타적에 다름 아니다. 우리는 자연에 주는 만큼만 자연에서 얻어내야 한다.

그러고서 얻은 결론이다. 완전한 채식주의 — 그것이 비밀이었다. 그녀에게서 채식주의는 완벽한 수위다. 유제품마저 섭취 대상에서 제외하는 것. 물론 그것은 심각한 불편을 야기한다. 하얀 밥을 지어놓고 그녀와 한 끼 밥을 먹으려던 계획도 무산된다. 김이 모락모락 나는 숟가락에 얹어 먹을 김치랑, 매콤하면서도 부드러운 여린 고추무름도 걸림돌이 되기 때문이다. 김치에는 젓갈류가, 무름에는 멸치 몇 마리가 들어 있기 때문이다. 무심코 샐러드에 드레싱을 해놓았다가는 망한다. 계란 일부가 드레싱에 포함될 수 있기 때문이다.

육신이 마르고 왜소해지면서 정신이 강해지는 경우를 보통은 고행에서 본다. 그래서 속으로 그 작은 동료를 존경하기 시작했다. 그러면서 나도 모르게 나의 내부에서 자연스러웠던 것이 되살아남을 느낀다.

유년 시절 샘가에서 어른들이 나서서 죽은 '새'의 털을 뽑고 있던 것을 보았던 기억과, 별식으로 상에 오른 영계백숙을 그 기억 때문에 토해냈던 장면들이 생생하게 떠오른다. 사실 유년 시절의 고민은 무엇인가 뭉클한 그런 것을 씹어야 하는 일에 대한 혐오감이 아니었던가.

어린이는 보다 더 자연스럽게 반응한다, 그렇게 생

각된다. 어린아이들에게 영양을 고려한다고 해서 제살과 비슷한 동물성 음식을 일부러 길들일 필요가 있을까? 우리 아이들은 원래 채식성 엄마를 두고도 그렇게 자라지 못했다. 잘한 일일까? 내 아이들을 키울 즈음 나는 발언권을 사양하는 엄마였고, 무엇보다도 많은 사람들이 좋다고 하는 것이 좋을 것이라고 세뇌된 자신 없는 엄마였다. 다시 아이를 갖는다면 내가 어려웠던 것을 아이들에게 강요하고 싶지 않다. 호박 하나만 해도, 애호박과 농익은 호박 그리고 말린 호박……. 자연 속에 널려 있는 열매들과 푸성귀들에서 자연친화적 섭생의 보고가 기다리고 있는 세상에서.

[2008]

단 한 톨의 노력을 하지 않아도,
아무렇더라도 나를 사랑해준 사람이 이제는 없다.
나 홀로. 이제 나 홀로다.

평행선

사랑을 올해 글의 주제로 받은 순간 평행선이 떠올랐다. 평행선을 화두로 삼을 양이면 그건 이미 시시한 시작이리라. 그렇다. 하지만 '종교적인 궁휼'이라거나 '아끼고 위하는 정성스런 마음' 같은 보편적 사랑이 아닌, '남녀가 서로 정을 들여 애틋하게 그리는 마음'으로서의 사랑을 이야기하려는데 대뜸 평행선이 떠오른 것을 어쩌랴. 심장도 머리도 둘인 두 개체 간의 사랑이라면 서로 다른 선의 만남을 의미할 터인데, 그것이 잠시라도 우연이라 해도 평행선이 되어야 서로를 건너다볼 수 있고 사랑 등을 이야기할 수 있지 않나 말이다. 서로를 향해 질주하는 선들은 질풍노도처럼 만났다 하더라도 곧 비껴 가버리지 않겠는가 말이다.

물론 이러한 염세적인 견해는 한 개체가 그리는 선이 곡선이라기보다는 직선 쪽에 가깝다고 보는 데에서 출발한다. 만일 길을 가다가 동무를 만나서 한눈팔 양으로 멈칫거리거나 굽어져 어울릴 수 있다면 사랑의 감정도 보듬고 어우러져 다른 모습을 그려낼 수 있으련만, 어쩐지 그것은 희망이나 꿈 같은 말로 들린다.

태어나면서 손발을 버둥대던 우리는 늘 어딘가로 버둥대면서 나아가고 그래서 그 길이 우리의 인생이 된다. 기껏 잘해야 비슷한 각도로 움직이고 있는 다른 길손을 동무 삼을 수 있으면 그게 낙일 것이다. 어쩌다 불꽃이 튀어 한데 어우러진 두 길이 있어, 다시 서로에게서 영 멀어지지 못하고 머뭇거리며 주변에서 서성대며 길을 간다면 그것 역시 축복 아닐까. 함께 세상에 새로운 길손을 퍼뜨리기라도 하면 그 또한 잊

히지 않아 더욱 버벅대고 주저앉아 그렇게 살아가는 삶. 사랑은 제 본디를 깨닫게 하는 일에도, 길을 계속하게 하는 일에도 무르다. 사랑은 사람을 물러터지게 하고도 그것에 만족하게 한다. 사랑은 허술하고 바보스럽다. '현명한 이가 말하길, 바보들만 사랑에 빠지는 법이라 했지'라던 노랫말이 진리다. 바보가 아니고서야 무슨 그런 평생을 갈 중증의 바이러스에 옮는단 말인가.

이 병은 『폭풍의 언덕』 같은 중독된 사랑이나 『젊은 베르테르의 슬픔』 같은 치명적 사랑으로 소설 속에나 파묻혀 영생한다. 이 병은 실(實) 인생에서는 애절하게 끝날 때가 많다. 중세 철학자 아벨라르와 제자 엘로이즈처럼 사랑 속에 결혼하여 아들을 두고도 생이별하는 연인들. 사회의 자존심과 간섭으로 각각 수도 생활에 들어갔으니, 그들의 '사랑의 서간'이 수백 년을 넘어서까지 세상의 연인들을 감동시키면 무엇 하리.

더러는 공권력도 사랑을 죽이는 변수다. 2차 대전

후, 보통 사람들처럼 십 대에 만나서 몇 년 후 결혼하고 아들 둘 낳고 단란한 가정을 꾸렸던 로젠버그 부부. 그들은 느닷없이 원자 무기 비밀을 소련에 건넨 스파이 혐의로 체포되어 전기의자에서 생을 마감해야 했다.

폭력은 사적인 차원에서도 마찬가지다. 흑인이면서 명쿼터백으로 이제 은퇴한, 네 아들의 아버지이자 멀쩡해 보였다는 남편 M씨. 자선 활동에서까지 돋보인 남부러울 것 없던 그가 별장에서 잠든 사이 갓 스물을 넘긴 여친(?)에게서 네 발의 총격을 받는다. 순수했던 첫사랑을 접고 명사와의 인생을 꿈꾸었던 여자의 종말, 참혹한 비극. 허황한 것이 사랑일까. 사랑은 치기다. 사랑은 없다.

아니다. 동서고금 세기적 스캔들을 뿌려댄 사람들의 숨 막히는 열정들을 생각하면 사랑은 그 무엇인 것 같기도 하다. 정직하게 말하면 가끔은 가까이 이웃에서도 힘든 길을 선택한 대단한(?) 사랑도 없진 않다. 기어코 첫 연인을 기다렸다가 그녀가 아이 둘을 데리고 고향에 내려오는 기차간에서 훔쳐 달아난 집안 오라버니가 있었다. 그 아이들 둘, 나중에 낳은 아이들 둘, 해서 네 자녀를 흠 없이 길러냈고, 아내의 조금 이른 임종까지 잘 지켜낸 오라버니. 더 기막힌 쪽도 있었다. 처자식을 고향에 두고 대처에 나와서 대학에 다니던 남자가 처녀 유치원 선생님에게 반했다. 유치원 선생님은 유부남의 구애에 발끈하여 보란 듯이 서울로 시집을 가더니만, 딸 하나를 낳았다는 소문과 더불어 곧 다시 낙향했다. 결국 각각 아들과 딸을 버리고서야 두 사람이 결합하더니 네 자식을 더 낳아서 남달리 유별나게 키워냈다. 70대, 80대 할아버지들의 청춘 시절 이야기다, 참. 그런 형질은 드물게 유전되는지, 속 좁은 내겐 불가사의다.

베란다 쇠창살을 저 너머로 바라보며 일요일의 늦은 아침을 먹는다. 조밀한 영국식 화단엔 이름 모를 푸르름이 가득하다. 창살 밖으로 선반에 내어놓은 몇 화분들에도 초록이 어우러져 있다. 그 밖으로는 짙푸른 나뭇가지들이 무겁게 흔들린다. 20년도 넘은 낡은 닭장 아파트 2층에 앉아서 쇠창살 사이로 건너다보는 하늘도 하늘이다.

그런데 쇠창살 너머로 여름을 맞은 것은 처음이다. 작년 추석에 다니러 온 아이들의 걱정에 그제서 창살을 두른 것이다. 여름을 유난히 타느라 창문이란 창문은 다 열어두고서야 잠드는 아버지를 생각하면 잠이 안 온다는 둘째. '자다가도 벌떡 일어나서 한숨을 쉰다니까요, 아버님 어머님 걱정에!'라던 며늘애 말이 주효했다.

원래 학교가 있었던 터에 지은 아파트라서 고목들이 즐비하고, 창살은커녕 창밖으로 너울거리는 푸른 나뭇잎들은 성냥갑 아파트인 것을 못 느끼게 했다. 바로 창밖에 새들까지 집을 지어 새끼를 낳고 길러가고 함께 날아간 적도 있었으니 말이다. 그때 꼭 네 마리를 낳아 데리고 날아갔는데, 이듬해에도 그 이듬해에도 항상 같은 울음소리의 그 새들이 날아든다. 베란다 바깥으로 내어 단 화분 턱에 내어놓은 춘백 꽃잎을 갉아 먹으러 와 앉는 놈들도 꼭 그런 꼬마들이다. 모양새도 목소리도 안 예쁜 놈들이 왜 예쁘기만 할까. 새들이고 사람이고 꼭 예쁠 필요가 없다 싶다. 어디 예쁜 사람들만 사랑을 하고 그러는가. 창살 속에 들어앉아 바라보는 새도 화초도 하늘도 뭐 다 괜찮다. 섬세한 감각들이 나이 따라 누그러진 탓도 있겠지만, 애들 사랑에 못 이겨 해 붙인 것이라서 창살도 답답지 않을 수도 있겠다.

우리는 아마도 창살에 갇힌 채로 적응하나 보다. 사랑하는 사람을 만나고 함께 살기 시작하면 그렇게 창살 속에서도 갇힘을 모른다. 신기하게도 새 생명들이 태어나면 아예 바깥세상은 바라다보지도 않고 그들에게 현혹되어 산다. 그때부턴 그리 많이 흔들리지 않고 평행선을 이루어, 왼쪽에서 오른쪽에서 아이들을 바라보며 따라가며 산다. 아이들이 어른이 되어 오히려 우리를 걱정할 만큼 더 커버렸는데도, 우린 그저 그들을 뒤쫓느라 '거의 반듯이' 평행선을 그리며 산다. 아주 엇갈리지 않으려면 조심히 평행을 유지하기만 하면 된다. 너무 서로에게 끌려 들어가면, 그 각도로 조금 더 내달으면, 그만 상대를 뚫고 지나가버리게 되니까. 그래서 그냥 비겁한 채로 평행선을 따라 산다. 혹시 우리들의 가슴 한편에 묻힌 작은 파편 같은 추억 하나도 진정 어떤 사랑의 증거가 되기엔 미미하다. 그건 그저 잠시 호수에 비친 구름의 그림자이거나 아예 호수 저 혼자의 일렁임이거나.

복숭아 껍질을 벗긴다. 아직 본격적인 장마가 시작되기 전에 따 들인 것들이라 당도도 높고, 무엇보다 벗겨 드러난 속살에서 물기가 두둑두둑 듣는다. 두 개를 벗길 양이면 늘 어느 하나가 더 먹음직스럽다. 너무도 당연히 더 맛있어 보이는 쪽을 당신의 접시에 올려놓으면서 느낀다. 누군가에게 더 맛있어 보이는 것을 내밀면 그것이 사랑일 것. 나란한 두 베갯잇을 새로 갈아 끼우면서 풀기 더 고슬고슬한 쪽을 그리로 밀

어놓으면 그것이 사랑일 것. 이 시시한 진부한 존중이
어우러져 나란히 서 있는 평행선.

[2009]

온 바닷물을 다 켜야 맛인가요

남자는 첫사랑이지만 여자는 마지막 사랑이라고 ─ 그렇게 남자들이 말해놓고서는 여자들의 망각의 묘기를 비웃곤 합니다. 망각은 양심을 접는 것과 같은 의미일 때가 많아서, 여자들은 양심이 덜한 족속으로 폄하되기 십상입니다.

하지만 온 바닷물을 다 켜야 맛인가요. 바닷물 한 움큼만큼, 정말 잊을 수 없는 순간들이라 해도 파도가 밀려오다 빠져나가듯이 어느 때는 코앞에 다가와 눈을 떠도 감아도 그 자리에 있다가는, 또 언젠가는 슬며시 핏속으로 숨어드는 것이겠지요. 게다가 내가 잊을 수 없는 것들은 당신에겐 아무렇지 않은 것이기도 합니다. 우리가 무의식적으로도 걸러내는 기억들은 제 나름일 테니 말입니다. 고운 차 거르는 체마냥 촘촘하며 일정한 그물망이라 해도 우리의 기억을 통제하지는 못합니다.

누가 들으면 웃을까. 늘 내가 잊지 않고 기억하게 되는 것은 이를테면 아무렇지도 않은 산자락 성긴 돌 틈으로 삐져나온 연초록 풀들 같은 하찮은 것들입니다. 또는 여름이 시작되고 2층 창밖으로 짙푸른 나뭇잎들이 무성해지는 이맘때면, 바로 이맘때 만났던 새새끼들이 되살아납니다.

족히 10년은 되었을까, 정확하게 큰아이가 약혼식을 위해 잠시 집에 머물렀다가 간 다음 날이었습니다. 처자를 따로 재워 보냈던 방을 정리하면서 무심코 창너머를 바라보다가 발견한 것인데, 날렵한 동작으로 새들이 나뭇가지 사이를 헤집고 다니는 이상한 일이었죠. 어느 결에 둥지를 튼 놈들은 놀랍게도 알을 낳았던 것입니다. 세상에나, 아파트 나뭇가지에.

　스무 날? 한 달 정도? 유난히 맑은 여름날을 뒤쪽 베란다로 살금살금 기어들어가 그놈들 사는 양을 보며 시간 가는 줄 몰랐습니다. 참새보다는 큰 것이 그래도 참새 모양이라 참새목 되샛과 혹은 멧새 비슷, 그쯤에 드는 새이리라 추측했답니다. 그렇게 흔한 새이지만 아무도 이름을 아는 사람이 없었으니까요. 뒤적여보았던 백과사전에서는 아마 직박구리이리라 싶었죠. 일러준 대로라면 세 개에서 다섯 개의 알을 낳는다더니만 정말 딱 네 개의 알을 낳았더이다. 그다음은 누군가 정성들여 관찰해서 TV에 올려주는 그런 과정들 그대로였습니다. 다만 신기한 것은 그것을 덜 화려한 색깔이지만 프레임이 없는 실제의 공간으로 바라다볼 수 있다는 사실이었습니다.

　시도 때도 없이 베란다로 나가기를 풀 방구리에 쥐 드나들듯 하는 것이 방안통수 서생으로 살던 터에 쏠쏠한 재미였습니다. 식구들은 앉은 자리 뭉개지도록 눌러앉아 있기만 하던 사람이 왼종일 촐랑대던 일로

즐거워했고, 더러는 놀렸답니다. 하여 그 여름은 더위라거나 짜증 같은 아름답지 않은 단어는 우리 집에서 사라졌더랍니다.

그러나 세상에서 일어나는 일은 늘 아름다울 수는 없는 모양이었습니다. 정말 상쾌하리만치 서늘한 날 아침 밥상. 밥상이라야 가볍게 풀 썰어놓고 빵 뜯어 먹고 그랬을까요? 아님, 그날따라 젓가락을 들었던 감촉이 살아납니다. 밖에서 자지러질 듯 울어대는 새 소리 사이로 알 수 없는 요란한 소리들이 날아와서 우리 모두는 기겁을 했습니다. 후다닥 튀어 일어나서 베란다로 내달은 나는 정말 기절할 것 같은 광경에 시간이 정지했다고 느꼈습니다. 저쪽 새 둥지에서 두 나무째를 건너온 바로 코앞이 전쟁터였던 것입니다. 그 네 마리 새끼들이 첫 비행을 하면서 그것이 곧 둥지를 떠나는 날인 줄 그때서야 눈치를 챘습니다. 누가 예전에 야생의 새를 키워보기나 했어야 말이지요. 그런데 한 마리씩 한 가지씩 날아오르려는 새끼 새들에게 저승

사자가 나타난 것 때문에 어미아비 새들이 단말마의 울음을 울었던 것입니다. 주차된 차량들 사이, 더러는 벌써 움직이는 차바퀴도 겁내지 않고 기식하던 주인 없는 길고양이가 곧 영양식을 발견한 것이지요. 새끼 새들의 추락을 기다리는, 아니 소리로써 겁을 주어 추락을 유도하려는 고양이와 어미아비 새의 대결장이었습니다.

아아 안 된다, 아가 힘 내거라, 어서!
이 몹쓸 도둑고양이, 악마! 사라지지 않음 내가 쪼아줄 테다.

네롱~ 하면서 달콤한 먹이를 향해 불을 뿜는 고양이도 질 기세는 아니었지요. 글로 쓰자니 여러 줄이지만 사건은 불과 몇 초였을까요? 어쩌자고 나는 젓가락을 든 채로 아파트 계단을 내달렸습니다. 아무 신이나 끌고 화단에 내려서서는 고양이를 내쫓았지요. 평소라면 기분이나 나빠할 뿐 눈도 주지 않으려 했던 그

고양이 놈을. 상황이 너무도 아슬아슬했지만, 얕은 가지로 출렁이던 새끼와 뛰어오르려던 고양이의 서커스가 원안대로 무사히 끝나고 상황이 종료되자, 나는 그만 털썩 주저앉았지요. 흙에 앉아서 올려다보니까, 마지막 한 놈이 맨 윗가지를 정말로 날아오르더니 저만치 떨어진 큰 나뭇가지로 옮겨가는 것이 보였습니다. 한없이 신기하기만 했습니다.

나중에 젓가락 한 짝만 들고 계단을 기어올라 들어온 나를 식구들은 더욱 놀려댔습니다. 내가 뛰어나간 뒤로는 내 소리까지 가세해서 정말 한판 굿이었다는군요. 새 소리 고양이 소리야 비록 생사의 투쟁이었다고는 하지만 자연의 소리였겠죠. 그러면 내 목소리는? 그렇지 않아도 소프라노로 분류되는 목소리로 정말 무진 악을 다 썼더랍니다. 교양? 평소에 목소리 크다는 이야기를 들어본 적이 없었지만 다 새침이었던 게지요. 급하니까 정신이 없더랍니다. 알 수 없는 나라의 말로 새 새끼들에게 주문을 거는가, 했더랍니다.

그런데 이 새란 놈들은 진정 그들이 태어난 자리를 기억할까요? 그해 여름 어느 날엔 뜬금없이 앞베란다의 가녀린 창살에 한 놈이 턱 앉아 있었다는 일은 무슨 의미일까요? 우리는 고놈이 고놈일 거라고 수선을 떨며 좋아했답니다. 그런데 저만치 담장 쪽에 앉은 놈들도 꼭 우리 집 쪽을 바라보고 앉아 있는 기색이었단 말입니다. 더구나 이듬해에도 때로는 해를 걸러서도 심심치 않게 그 예쁘지도 않은 소리로 찌이찌이 울어대는 새들이 우리 집 주변을 날아와 앉곤 한답니다. 창살 안쪽의 꽃잎을 한참 동안이나 쪼고 있을 때도 있답니다. 그러니 그놈들을 잊을 수가 있겠냐 말입니다.

이렇게 우리의 기억을 새록새록 불러내주지 않더라도 물론 잊지 못할 일들이 늘 있지요. '언어란 꿀이 빠져버린 벌집처럼 거죽뿐인 줄을 알면서도 그 안에 어느 한 순간의 제 마음이라도 담기울 수 있다면 그것으로 족하렵니다.'(오자 포함, 어느 작품의 인용) 같은 쪽지 글을, 아니면 지구 속 마그마로 녹아들고 싶다는 마

온 바닷물을 다 켜야 맛인가요

093

성적인 언어를. 아니, 이야기는 모두 거짓이요 진실은 언어 이상이라는 말에 공감하며 아무 소리도 낼 수 없었던 순간들을. 순간들은 부서지기도 녹기도 하지만 영원히 사라지지는 않습니다. 손가락 사이로 빠져나간 바닷물 한 움큼처럼, 우리가 순간들을 잠시 버릴 뿐입니다.

[2010]

아무렇더라도 나를 사랑해준 사람

고아가 되었다.

올봄.

나의 어머니는 당신 나이 일흔다섯에 고아가 되시더니만, 우리더러는 더 일찍 고아가 되라시며 떠나셨다. 막둥이는 1963년생, 겨우 마흔아홉이다.

피를 나누어주거나 물려준 후손 27명, 법으로 후손이 된 14명을 더하면 41명의 후손을 남기셨다. 그중에서 참석자는 29명. 290명이 훨씬 넘었을 조문객을 생각하면 불참 수가 부끄럽다. 어머니를 앞선 불효녀는 어쩔 수 없다. 머나먼 외국에 아기들이랑 사는 경우도 어쩌랴. 그래도 불참이 많다. 누구도 예상 못 했을, 설마 하던 불참도 있었다.

어머니와 함께 살았던 세월은 저 뒤편에 있다. 고등학교를 졸업하고는 슬하를 떠난 셈이다. 대학 시절은 정신적으로는 독립하지 못했다 하더라도 현실적으로는 서울살이었다. 젊디젊은 '엄마'는 서울 나들이를 즐기셨다. 우리들 – 내 바로 아래 여동생이 함께 이화 캠퍼스를 누볐다. '누볐다'는 물론 엄마의 표현이다. 실제로 이대 앞과 명동을 누빈 것은 엄마였다.

어머니는 이대 앞과 명동만이 아니라, 일찍이 설악산과 제주도를, 전국을, 나아가서 가히 세계를 누비셨다. 어머니가 빠진 저녁 밥상이 별로 이상하지도 않았던 세월, 불평도 별로 없는 집안에서 나 혼자 불평분자였다.

왜 엄마는 빨리 안 들어오셔요?

우리 학교에 가면 빨리 나갔다가, 우리 돌아오기 전에 미리 들어와 있지 않고!

외할머니가 할머니였다. 외할머니가 엄마였다. 엄마가 밥을 지어주거나 된장찌개를 끓여주는 사람이라면, 엄마는 엄마가 아니었다. 엄마가 등록금을 함께 걱정해주는 사람이라면, 엄마는 엄마가 아니었다. 집에는 다른 여러 엄마가 있었다.

물론 엄마도 엄마 노릇을 하긴 했다. 소질이 없어도 피아노다 미술 공부다 시켜서 소질을 계발해내는 극성 엄마였고, 또 엄마의 유일한 자랑인 '밤 채' 솜씨 덕분에 늘 예쁜 김장김치를 먹었다. 그래도 엄마의 부재를 못 참았다. 엄마를 엄마답지 않다고 볶아댔다. 엄마 때문에 행복하지 않다고 생각했다.

하도 엄마를 닮지 않고 불평만 해대니까, 집 안에선 엄마가 내 엄마가 아니라고까지 놀렸다. 연속극을 보면 더러 첫아이는 누가 낳아놓고 죽든가 혹은 도망가지 않던가. 대체로 나는 비판적인, 회의적인 인간이었다. 속으로 진단하기를, 일찍이 엄마에게 불만이 많아서 나는 그런 인간이 되었다고까지 생각했다.

스물셋, 엄마를 떠나왔다. 스물세 번 팥시루떡에 등잔불을 밝혀준 할머니 생각보다는 엄마를 떠나온 느낌에 덜컥했다. 결혼을 했고, 또 엄마가 되었다. 엄마는 참 어려운 것이었다. 참 어려운 것이다. 첫아이가 태어나 의사의 손에 거꾸로 매달려 자둣빛보다 더 검붉은 모습으로 울음소리를 내었을 때, 나는 기절을 했다. 산고 때문이었다. 지금 생각하면 놀라움 때문이기도 했다.

정신이 들었을 때는 무엇인가 꼼지락거리는 포대기가 옆에 있었다. 조금 전까지 내 안에 있던 생명체가 밖으로 나온 것이란다. 눈을 채 뜨지도 못한다. 입은 뭔가를 향해 옴질거린다. 내 아기, 내 젖을 탐하고 나와의 관계를 탐하는 아기. 어렵게 어렵게 겁을 잔뜩 먹고 만져본 손가락. 작은 손가락들이 무엇이라고 종알거린다. 이것은 대체 어떤 암호인가.

손가락을 통해 전달되는 형언할 수 없는 감각 − 그
것을 남성 화가가 어떻게 알았을까? 짐작이나 했을
까? 새삼스레 위대했다. 아담의 손가락 끝에 생명을
불어넣는 그 그림의 발상이 이 진자리가 아니고 어디
였겠는가?

그렇게 나는 기절과 함께 새로이 태어났다. 그 어려
운 엄마가 되었다. 불평을 해대는 자식이 아니라 불평
을 받아야 할 엄마가 되었다. 내 아이들은 어떤 불평
을 할까, 별안간 정신이 없었다. 그래도 나는 몰랐다.
나는 계속 괜찮은 딸이었고, 엄마는 뭔가 부족했다.
세월이 흐르고 흘러도 엄마는 부족했다. 물론 불평의
말이 단번에 줄었을 뿐, 불평의 마음은 한 치 변함없
이 여전했다. 반면에 나는 그 나름대로 괜찮은 엄마이
리라고 착각했고, 애들은 정말 괜찮았다. 제 엄마에게
불평을 해대지 않았다. 적어도 대놓고는 불평을 하지
않았다. 유전자가 더 좋아져서 그랬는지도 모르는 일
이었다.

물론 나는 엄청난 노력을 했다. 하지 마! 그런 금지의 말을 하지 않으려고 애를 썼고, 예컨대 엄마가 해주는 팥시루떡은 내 마음에서만 중요했겠지만 생일마다 시루에 불을 켜주었다. 티라이트가 등잔을 대신하게 되어서 산뜻해졌다. 내 아이들의 마음을 잃지 않으려고 죽을힘을 다했다. 죽을힘을 다하고 조금 얻어도 행복해했다.

나는 내가 인내심이 많아진 줄 알았다. 그러면서도 어머니의 생일, 할머니가 돌아가신 다음 어머니의 생일들에는 팥시루떡을 해드릴 생각을 한 번도 해보지 않았다. 어머니에게 아들들이 있었고, 또 케이크로 업그레이드된 세상이었으니까.

⟡

어머니가 떠나셨다. 조문객들이 무슨 소용. 41명의 후손 중에서 29명만 참석한 장례식장. 어쩌면 가장 사랑했던 자식이 불참 속에 들어 있을지 모를 일이다.

열 손가락 깨물면 다 똑같이 아프다고 하셨다. 당연하다. 나는 그 말을 믿는다.

할머니가 떠나셨을 때 덜렁 남았던 어머니가 떠올랐다. 무남독녀 어머니는 우주를 통째로 잃었다. 우리들에게는 난데없이 어정쩡한 딸 하나가 거기에 있었다. 어머니의 딸에서 딸들의 딸이 된 어머니. 그중 시원시원한 막내가 최고였다. 가까이에서 콩나물이며 대파를 사 들고 다녔다. 키만큼 큰 마음으로 엄마라는 이름의 딸을 정성으로 살펴드렸다.

네 언니는 할 건 잘 해줘도 참 쌀쌀해야. 동생들이 그 말을 전해주어도 당연하다 느꼈다. 참 못됐다. 나는 내 불평 소리가 줄었더라도 내가 어머니를 못마땅해한다는 사실을 아시기를 바랐다. 사실이니까.

나는 평생 어머니에게는 단 한 톨의 인내심도 내주지 않았다. 아버지가 돌아가신 뒤에도 달라지지 않았다. 어쩌면 더 나빴다. 그 긴 세월 동안 큰딸년의 부당한 불평을 감내하시던 어머니, 겉으로만 화려했던 어머니가 떠나셨다.

갑자기, 너무나 늦게 깨닫는다, 얼마나 서운하셨을 꼬. 인생이 뭘까. 인생관이 다른 딸을 두고 평생 얼마나 참담했을꼬. 단 한 톨의 노력을 하지 않아도, 아무렇더라도 나를 사랑해준 사람이 이제는 없다.

나 홀로. 이제 나 홀로다. 나는 또 얼마나 죽을힘을 다해야 할까. 아름다운 관계를 얻기 위해 얼마나 나를 죽이고 참아야 할까. 내 멋대로, 아무렇더라도 나를 사랑해준 사람, '엄마'가 이제는 없다. 49재를 지냈으니 어딘가로 정말 떠나시고 없다. 머리에 꽂았던 하얀 리본이 타들어가는 초라한 불꽃과 함께 영영 떠나버렸다.

나 홀로.

이제 나 홀로다.

단 하나 남았던 지지대가 무너져버린 지금.

처음으로 처연히 외로운 순간을 맞는다.

[2011]

말

만일 여러분이 기자가 된다면 누구를 인터뷰하고 싶나요? 인터뷰할 대상을 정한 후 질문 목록을 작성해보는 것이 오늘의 숙제입니다. 왜 그 사람을 대상으로 정했는지 그 이유도 함께 적어서 보내세요, 이메일로! – 대학에서 외국인 학생들에게 교양한국어 강의를 할 때 내준 숙제였다.

사실 이메일 숙제는 편한 작업은 아니다. 내용도 내용이지만 외국인 학생들의 한국어 취약성은 말하기는 물론 쓰기에서도 여지없이 드러나는 때문이다. 일일이 고쳐줘야 하는 것이 기본인데, 그것이 생각보다 쉽지 않아서다. 무심코 쓰던 문장이었다가도 학생들의 표현에서는 갑자기 자신이 흔들려서 표준국어대사전을 찾는다. 그 버릇은 간단한 글을 쓸 때도 여전해서 이젠 마음 놓고 글 한 줄 쓰기가 어려워진다. 그도 그럴 것이 '나랏말ㅆ미 듕귁에 달아……'라고 열심히 외웠던 뿌리 깊은 기억과 아무 상관 없이 이제 와 표준어는 '나라말'이라니 말이다.

그동안 표준어는 '만날'인데 입에서는 맨날 맨날이라고 움찔거리다가, 어느 날엔가는 그것 또한 표준어란다. 이런 조변석개를 두고 반갑다고 해야 할지, 요새 아이들 말로 멘붕이다. '멘붕'은 국적이 불명한 멘탈 붕괴의 약자로, 말 그대로 정신이 무너져 내린다는 말이란다. 어떤 상황이나 말에 의해 평정심을 잃고 '정신이 나갔다', '자포자기' 또는 '분노가 극에 달했다'는 식의 뜻이란다. 누리꾼들의 장난이다.

－ 어땠어? 쌔끈?

－ 말도 마. 폭탄이었어! 얼큰이었다고.

소개팅에 나가서 섹시하고 멋있는, '쌔끈' 상대를 만났냐는 질문에, 소개받은 사람이 외모나 성격 등에서 마음에 안 들 때 쓰는 '폭탄'이란 답을 보낸다. '얼굴이 큰 사람'이었다고!

은어를 피하면 돌아오는 것은 '은따' － 은근한 따돌림이다. '리하이'라는 예법을 몰라도 당근 은따. 대화방을 나갔다가 다시 들어왔을 때 인사는 그냥 '하이'면 부족하다. 're－'를 붙여야 예의(?)란다.

음절 줄이기는 귀여운 부류에 속한다. 게임은 '겜', 서울은 '설', 애인은 '앤', 어서 오세요는 '어솨요'로 줄인다. '아뒤'를 멋진 프랑스식 인사말인 줄 알고 대꾸했다가는 혼난다, 곧바로 '강추'다. 그것은 강력 추천일 때도 있으나 강력 추방으로도 사용된다. 그런데 '아뒤'는 누리꾼들에게는 아이디의 준말이다.

제일 따라가기 어려운 말들은 모음 비틀기다. '다

덜, 모냐, 알쥐, 안농, 안냥하세엽, 화났나여? 넵'은
'다들, 뭐냐, 알지, 안녕, 안녕하세요, 화났나요? 네'의
비틀기다. 비트는 데 시간이 더 걸려도 비튼다. 왜? 모
른다.

'절친'에게서 문자가 날아온다.
　－ 열공중? 반반무, 반반무마니 시켜노코 ㄱㄷ!
　－ '베프, 방가방가. 냉무 아니쥐?'
　베프는 물론 베스트 프렌드의 준말이다. 영어도 막
줄인다. 한국어가 재미가 쏠쏠해 보인다. 그러나 신세
대 누리꾼들이 아니고서는 불행하다. 열심히 공부하
는 중이야? 프라이드 치킨 반 마리, 양념 치킨 반 마
리, 무 많이 시켜놓고 기다릴게! － 반가워, 반가워. 내
용 없음은 아니지? 이것을 알아듣는 사오정이 몇이나
있을까. 실세(?)에서 물러난 것은 기정사실이라 하더
라도, 이제 가상세계에서는 아예 출입금지다. 어디에
살꼬?

본론을 잊고 있었다. 이메일을 열어 숙제를 점검해야 한다. 이들이 인터뷰하고 싶은 대상이 누구일까? 에임 하이! 그렇게 권장 받으며 자란 대학생들임이 드러난다. 중국 학생이 버락 오바마를, 안젤리나 졸리를 인터뷰하고 싶단다. 셀럽(셀러브리티)에겐 이미 국경은 없다.

독특한 것은 중국의 성전환 무용가가 여러 학생들에게서 나온 것이다. 진성 – 중국식 발음이 그러하지만, 조선족이니 김성이라 불러도 되겠다. 1968년 조선족 집안의 아들로 태어나, 일찍이 가족의 뜻과는 달리 인민해방군에 합류하여 무용과 군사 훈련을 받고 청소년 무용수로 두각을 나타냈다. 곧 현대무용을 배우기 위해 미국으로, 이어서 로마에서는 무용을 가르치기도 했다. 이 세계적 무용수가 26세에 고국으로 돌아가 28세가 되던 1996년에 '성확정' 수술을 받았단다. 그러니까 본래 여성적이었던 그가 그녀가 되었다, 용감하게도. 세상은 그녀를 더욱 반겼고, 2004년의 〈상해 탱고〉는 유럽 순회 공연에서 '우리의 현대무용이 어디로 발전할지 망설일 때 동방에서 온 무용예술가가 우리에게 방향을 잡아주었다'라는 찬사를 들었을 정도였다. 이미 아들을 입양했던 그녀는 38세가 되던 이듬해 독일인 남성과 결혼하여 현재 세 명의 입양아와 함께 가족을 이루고 산단다. 무용의 열정은 더해서, 지난해 2월에도 이탈리아의 로마공원극장에서 〈제일 가까운 것과 제일 먼 것〉을 공연하여 극찬을 받았다고.

내가 왜 이리 무용수의 긴 이력을 말하는가. 그냥 놀라워서다. 말로는 다 못 할 이야기가 실화이니까, 실 인생이니까. 사람이 말로서 표현할 수 있는 것이 어디까지일까. 말로서 표현한 것은 진실인가. 말은 진실을 다 표현할 수 없다. 혹은.

학생들이 뽑은 인터뷰 상대가 점점 놀랍다. 터키에서 온 여학생은 신에게 인터뷰를 하고 싶단다. '왜 세상은 힘들고, 왜 좋은 사람들이 나쁜 사람들보다 행복하지 않고, 세계를(세상을) 어떻게 만들어주(시느)냐고 묻고 싶습니다.' 물론 서툰 표현이다.

갑자기 전혀 다른 유창한 말이 떠오른다. 유창하지만 어쩐지 믿기지 않는 말이다. 정말 결혼을 잘 한 것 같아요! ─ 30년 넘은 결혼 생활 후에 남편의 면전에서 다른 사람들에게 그렇게 말하는 아내의 말. 다른 남편들이 모두들 감탄했다고 한다. 그 말을 '전해 들은' 나는 믿지 않는다. 행복한 사람은 행복한 줄 모른다, 라는 생각에 압도되며. 믿기 어려운 이유는 더 있다. 발화된 말과 발화되지 않은 말, 어느 것이 진실일까. 아카시아 잎들을 하나씩 뜯어내면서 말할까 말까 숙죽이던 순간들도 생각났다.

발이 시린 여름밤이 깊어간다.
발이 시리면 맘도, 맘이 시리면 말도 시려진다.

[2012]

자유라는 가치를 생각하다 보면 가슴이 아파온다.
그래서 나는 증오한다, 자유를.
원래는 당연히 꿈꾸었던 아름다운 가치, 자유를.

동문서답

벌써 십수 년 전이다. 독일의 독일인 독문과 교수가
독일어 전체를 소문자로 표기한 편지를 보내와서 놀
랐다. 영어처럼 고유명사만이 아니라 온통 명사를 대
문자로 시작하는 것이 독일어의 특징이고, 외국인인
우리들은 죽어라 정자법을 배우고 있는 터에. 하긴 그
가 중점적으로 연구하는 작가도 완전히 독창적 존재
로서 독문학사 어디엔가 마땅히 배열할 자리가 없는
아르노 슈미트(Arno Schmidt)였다.

슈미트는 문학에서나 개인적인 실존 방식에서 철저

히 예외적 존재였다. 1910년대 태어난 독일인의 운명을 피할 수 없이 2차 대전에 징집되었고, 전후에 아사 직전의 가난 속에서 자유 작가의 길을 선택한 것 – 거기까지는 동시대 작가들과 공유하는 삶의 방식이었다. 그러나 곧 시골에 정착하여 나머지 평생을 완전히 독자적인 은둔 생활을 했고, 합성적–연상적 서술 방식으로 정통적인 정서법을 해체하면서 박식으로 넘치는 작품들을 내놓았다.

그의 기념비적인 작품 『카드의 꿈』(1970)은 과거의 위대한 정신들과의 30년간에 걸친 대화를 독자이자 필자로서 완고하게 작성한 기록물이다. 카드가 꿈을? 이 이상야릇한 조합은 작가의 학식을 대변하는 독서 카드들이 담긴 상자와 감성을 대변하는 셰익스피어의 『한여름 밤의 꿈』을 동시에 풍자한다. 주인공이자 작가의 숨은 자아에 해당하는 학자를 – 이름이 중요하랴? – 에드거 앨런 포(Edgar Allan Poe)의 번역에 조언을 구하는 부부와 16세 된 딸이 방문한다. 여름 하루 일출에서 일몰까지 그들은 황야를 산책하고 수영을 하고 집안일을 나누어 하면서 신과 세계와 시인 포에 관해서 담화를 나누는 것이 내용의 전부이다. 놀라운 것은 A4 용지 두 배 크기의 종이에 타이프로 쳐서 1,330매를 기록한 것이며, 10만 장이 넘는 독서카드에 모은 자료들을 3단으로 정리한다. 중앙 단에는 여름날 하루의 일을, 왼쪽 단에는 포에 대한 해석과 인용문들, 오른쪽 단은 서술자 자신의 산만한 생각들과 각주를. 이처럼 언어 선택과 작문법에 대한 정자법에서부터 인쇄 방식까지 전대미문의 독창성을 드러냈다.

소문자 글쓰기 ― 그런 운동이 있었다 ― 의 주인공은 독일 남쪽 B대학의 교수였는데, 그때 마침 내가 머물던 쾰른까지 일주일간 문학 강연을 나와서 얼굴을 보게 되었다. 그는 그 저녁에, 이역만리에서, 의무로서가 아니라 여가로(?) 독문학 특강을 듣고 있는 한심한 외국인을 조금은 의아해하는 눈치였다. 왜? 뭣 하러? 그렇게 가벼운 이야기를 나눈 것이 소통의 시작이었다.

조금 어색해진 나는 바로 강연 내용으로 되돌아갔다. 아까 강연 내내 아르노 슈미트의 유아론을 절대적으로 옹호하시는 것으로 들었는데? 실재하는 것은 자아뿐이고 다른 모든 것은 자아의 관념이거나 현상에 지나지 않는다는 극단적인 주관적 관념론을 어떻게…….

이건 어때요? 당신이 보고 있는 이 장면, 엉뚱한 노교수와의 대화 등이 당신의 의식 속에서 반응하는 환영이 아닌 실재라는 확증이 있나요? 당신의 의식이 존재하는 한 그것이 존재할 뿐 아닌가요? 그 너머를, 이것이 꿈이 아니라고, 누가, 무엇이 보증하나요?

아뿔싸, 논쟁에서 이겨낼 100퍼센트 언어 능력도 되지 않은 주제에 너무 심오한 것을 건드렸나? 맥주잔 하나를 들고서 한 시간씩을 이야기하는 그들의 근성을 어찌 당하려고. 멍해진 나는 이번엔 내 진영으로 대화를 돌렸다.

그럼, 이건 다른 문제인데, 라인강의 기적을 이루어

냈다는 '사회적 시장경제'에서 '사회적'과 '시장'이 어떻게 조화를 이루나요? 제가 공부한 하인리히 빌(Heinrich Böll)의 경우는 — 슈미트와 동시대인이지만 — 그것을 자유시장경제와 구별을 두지 않으려는 의미에서 비판적으로⋯⋯.

어쩌나, 나는 사회참여 문제를 문학의 본령이라고 간주하지 않기 때문에.

예, 그건 압니다. 순수문학 계열에서는 사회참여다 하는 부분을 부차적인 것, 목적적인 점에서 자칫 위험한 것, 문학의 생명을 위험하게 하는 것이라고.

고약한 문제를 가지고 나오시네요. 우리 그건 좀.

예. 그렇담 간단한 산술평균에 관해 들어보실래요?

웬 수학? 나 그거 아주 약해요.

간단한 거예요. 이건 가정인데요, 어느 작은 회사에 사장을 포함한 직원 수는 10명, 총 급여의 합은 3,000마르크라 합시다. 그럼 평균 월급은 300마르크겠지요?

그런데요?

하지만 그게 좀 이상합니다. 다 똑같이 300마르크씩을 받는 건 아니니까요. 주생산자들인 6명은 100마르크를, 3명의 간부 직원들이 300마르크씩 그리고 사장은 1,500마르크를 받습니다. 그러니 산술평균이 300이라고 해도 체감은 전혀 그게 아닙니다. 최빈수 6명의 월급은 100마르크에 불과하죠. 또 중간 5, 6번째 사람도 100마르크니까, 대푯값도 100마르크죠. 최빈수의 느낌과 대푯값이 이러할 때, 산술평균 300은 실질적인 의미를 갖지 못합니다.

허, 참. 난 수리 영역은 잘 안 되는 사람이오.

이건 수리가 아니라 사회학, 심리학이어요. 또 이런 세상에선 문학이, 예술이 관여를 해야 하는 게 옳죠.

아, 바로 그것. 옳다 그르다를 초월해야 하는 것이 문학과 예술의 일입니다. 세상엔 옳은 것도 그른 것도 따로 없어요.

그럼 예술적으로 심오한 유희만?

유희라기보다는 어떤 절대적 삶이……

절대적인 삶이 보장되는 사회란…….

순수문학과 참여문학의 논쟁은 뫼비우스의 띠처럼 맞물리고 돈다. 존재냐 소유냐 — 삶을 사랑하랴 무언가를 성취하랴.

그 교수와는 내가 한국에 돌아온 후로도 몇 번의 편지 왕래가 이어졌다. 자연스러운 완전 소문자 편지에 공을 들여도 늘 틀리면서 정서법을 지향하는 문장으로 답하면서. 생각이 달라 동문서답. 비교적 노령이었던 그와 언제부턴가 연락이 닿지 않은 일은 자연의 섭리에 속할 것이다. 그래도 나는 그가 말했던 절대적 삶이라는 가치를 가끔 되뇌어본다. 어떤 정치사회적 환경에도 불구하고 절대적일 수 있는 삶이라는 가치를. 혹시 그것이 누군가의 의식의 반영일 뿐이라 하더라도. 학문으로 굳은 머리의 또 다른 꿈일지라도.

[2013]

더불어 살기

오랜만에 강의를 준비했다. 독문학 강의 몇십 년을 늘 낯설어하며 결국 정년을 채우지 못하고 도망치듯 나왔었는데. 그 뒤 외국인 대학생들에게 교양과목 한국어 강의를 몇 학기 했었지만, 그건 말하자면 잘 익은 강의는 아니었다.

도서관에서 만나는 인문학 – 스무 개의 강의로 이루어진 문화체육관광부 지원 인문학 강좌라 했다. 그중 두 강좌를 맡게 되어 제목을 결정하기에 앞서 내가 어느 속성에 속하는가를 생각해보았다. 나는 무명이지만 소설가임에 틀림없다는 생각이 먼저 떠올랐다. 그러나 강의를 할 수 있는 소설가로는 어림없다고 느껴졌다. 어쨌거나 독문학 분야에서라면 너스레를 떨 수 있을 것 같았다. 그러나 망설여졌다. 인문학이 쓸모 없다고 홀대 받으니까 오히려 권장하는 이런 (억지) 강의에서 ― 물론 자발적인 수강생들의 숫자는 예상보다 많아서 흐뭇하기까지 했다 ― 전문적인 독문학 강의는 어울릴 것 같지 않았다. 결국 '인류의 지적 진화와 사회의 발전 단계'라는 주제로 (1) 신에게서 인간에게로, (2) 인간에게서 물질에게로, 이렇게 강의 제목을 잡았다. 마음으로는 두 번째 강의에 역점을 두기로 하면서, 물질이, 물질의 풍요가 어떻게 인간을 '삼켜버리게' 되었는가를 역설하고 싶었다. 초봄의 일이었다, 강의 계획은.

그리고 '4월은 가장 잔인한 달'이란 시가 현실이 되어버렸다. '죽은 땅에서 라일락을 키워내고 / 기억과 욕망을 뒤섞고 / 봄비로 잠든 뿌리를 뒤흔든다.' 그 정도면 얼마나 좋았을까. 물 밑으로 수학여행을 떠난 아이들……

강의는 6월이었지만 말하면서 속으로는 울었다. 물질을, 돈을 숭배하는 우리의 가치관이, 교황님의 말씀처럼 '돈이라는 새로운 우상 숭배'가 몰고 온 참극 이후 우리는 무엇을 할 수 있을까, 무슨 인문학 강의가, 무슨 소설이, 무슨 시가…….

우리는 먹고사는 일부터 다시 돌아보아야 한다는 정리로 강의를 끝냈다. 아프리카 최빈국 에티오피아는 커피를 수출한다. 하지만 커피 농장 노동자의 하루 평균 임금이 1달러도 안 된다. 그들에게 돌아가는 몫은 아무리 높게 잡더라도 소비자 가격의 1%도 되지 않는다. 유엔식량기구의 발표대로라면 오늘날의 농업 시스템에서 생산되는 식량은 일일 성인 기준 2,200칼로리로 계산해서 120억 인구가 먹고살 수 있는 양이다. 현재 세계 인구는 71억 5,500만 명이다. 그러니까 식량이 절반 가까이 남아도는데, 매일 기아로 5만 7,000명이 죽고 8억 4,200만 명이 기아 상태라고 한다. 기아로 죽는 사람은 암살당하는 것이고, 살인자는 동족을 잡아먹는 식인적인 글로벌 경제질서다.

이 경쟁에서 질세라 우리는 일을 너무 많이 한다. 한국의 연간 노동시간은 2,092시간으로, 경제협력개발기구 국가 중 가장 심한 수준이다. 스위스의 1,636시간과 비교하면 엄청나다.

고대 그리스 로마에서는, 시민계급은 사유와 학문이나 하고 노동은 노예들의 몫이었다. 개신교에서 노동은 '신의 소명'이 되었다. 인문주의 시대에는 인간이 주체요 자연은 객체로서 정복의 대상이 되었다. 이제 과학기술이 전권을 쥐더니 인간 노동을 효과적으로 지배하고 추출하는 (귀)신이 되었다. 우리는 컨베이어 벨트의 리듬이 명령하는 대로 정확히 인간 노동을 제공해야 한다. 그러므로 인간 노동은 신성한 것이 아니라 저열한 것이다.

노동은 소득과 비례하지도 않는다. 미국 CEO의 연봉이 일반 사원 평균보다 331배라고 한다. 1983년에는 46배였는데. 우리나라도 어느 그룹 회장은 301억 원, 다른 어느 그룹 회장도 140억 원을 급여로 받으셨다고 한다. 대기업 일반 직원들 평균 연봉의 500배, 200배에 해당한단다.

　브라질 월드컵 첫 골의 주인공 이근호의 연봉 178만 8천 원은 월드컵 출전 선수 700여 명 중 최하라고 했을 때, 우리는 다 놀랐다. 반면에 이근호의 골을 막지 못한 아켄페프는 당시 약 1,760만 파운드, 그러니까 305억 원의 몸값이라는 아이러니. 게다가 선수들 중 최고 연봉 742억 원은 이근호의 4만 배, 우리나라 선수 최고 연봉 40억 원도 2천 배가 넘는다니 설명할 수 없는 격차다. 동일노동 동일임금은 세상에 없는 단어. 이근호 병장이 군인 신분이었다 해도 마찬가지다. 군인들 상호간도 예외가 아니다. 창군 당시 이등병과 대장의 월급 차이는 30배였지만, 지금은 200배라고 한다.

노동시간은 삶을 위한 필요 정도로 규제되어 마땅하다. 생명과 안전 그리고 환경 관련 규제는 강화되어도 모자라다. 필립 제닝스 국제사무직노조연합 사무총장은 어느 신문과의 인터뷰에서 '규제 완화가 경제 성장에 기여하지 못한다는 것은 이미 알려진 올드 버전이며, 민주주의에 해악을 끼친다. 규제 완화가 아니라 심화되고 있는 불평등을 완화하기 위한 사회적 대화를 해야 한다.'고 했다.

그런대도 우리 코끝엔 '474목표'라는 홍당무가 걸려 있다. 성장률 4%, 고용률 70%, 국민소득 4만 달러 달성을 목표로 하는 경제혁신 3개년 계획 말이다. 지금 국민소득 2만 5천 달러라 해도 대부분의 4인 가족 가정이 연 1억을 전혀 체감하지 못한다. 4만 달러 소득은 어느 계층 소수에게만 집중될 것인지? 허무한 꿈이다.

우리는 경쟁이 성공의 열쇠라고 교육받았고 또 우리의 아이들을 그렇게 가르치고 있다. 열매 많은 것이 곧 진리라는 생각, 인간이 원하는 것은 값있는 무엇, 태환권이라는 생각, 생활에서 현금 구실을 할 수 있는 지식이 진리라는 생각이 미국에서 들어와 우리나라 초창기 교육자들의 정신을 지배했기 때문이다. 결과는 행복한가?

이럴 때엔 노자의 '절학무우(絕學無憂)'가 떠오른다. 다석 유영모 선생은 그 구절을 순한글로 번역하면서 '써먹기부터 ㅎ련 배움을 끊으면 근심이 없을 것이오라'라고 쓰셨다.

독일어에서는 경쟁사회를 '팔꿈치사회'라는 단어로 말한다. 동료를 친구를 심지어 형제를 팔꿈치로 제치고서야 내가 앞으로 나아갈 수 있는 사회 — 결국 승자가 누리는 모든 것은 승자의 팔꿈치에 밀려 떨어져나간 많은 패자들이 함께 누렸어야 할 것으로 이루어진 것이다. 지구상의 자원도 재화도 한정되어 있으므로.

봉건 피라미드 꼭대기에 '신 대신 돈이 자리한' 시대에 상대적 박탈감은 절대빈곤 못지않게 사람을 절

망하게 한다. 보건복지부가 올 7월에 공개한 자살 사망률이 인구 10만 명당 29.1명으로 OECD 평균인 12.1명에 비해 17.0명이 많은 나라, 연속 10년간 자살률 1위를 기록하고 있는 나라 – 우리는 어떻게 함께 더불어 살아야 할까?

[2014]

자유를 증오한다

자유를 동경했다, 동경했었다.

1997년 겨울, 세 번째 독일에 갔던 그때만 해도 내게 자유는 아름다운 가치였다. 남쪽 B대학의 교수를 우연히 만난 것은 인문학 강좌에서였다. 쾰른에 거주하며 뷔페탈대학에 오가느라고 시간은 많이 들었지만, 코앞의 별다른 과제가 없다 보니 야간의 가벼운 강좌도 기웃거리다가 유명 교수의 이름을 발견하고 갔던 참이었다. 그 교수는 자신의 책을 읽었다는 이역만리 한국의 독문과 교수를 직접 만난 것이 기분 좋은 일에 속하겠지만, 이상한 질문을 했다. 마치 뭣을 구하러 가정과 애들이 있는 나이 든 여자가 외국에 나와 있는 것이냐 하는 식으로. 실제로 전문자료를 구하기 위해서 독일에 간다고 하는 것은 그리 의미가 없는 시대였으니까. 또 이미 교수 자리에 있는데 ─ 독일에서는 교수 자리가 대단해서 그랬겠지만 ─ 뭣 때문에 애써 독문학의 본고장을 쓸쓸히 배회하느냐는 식의 질문이었다. 어차피 독일 사람들처럼 독일 정서에 함몰되어 독문학을 완벽하게 체득할 수도 없으면서, 문학이 뭐라고.

질문의 저 깊은 회의를 깨닫지 못했던 어리석은 나는 자유라는 말을 입술에 달고 있었다. 일상으로부터의, 강의로부터의, 가정으로부터의, 모든 속박으로부터의, 어쩌면 생 자체로부터의…… 자유, 자유를 위해서. 독일학술교류처(DAAD)의 장학금으로, 혹은 학교 당국의 연구비로, 연구의 깊이를 더하기 위해서 유유자적하는 자유를 어찌 예찬하지 않았겠는가.

추상적인 자유는 아름다운 무엇이었다. 그뿐이 아니었다. 건배라도 할 일이 있으면, 자유를 위하여, 라고 외칠 뻔도 했다. 이 자유민주주의 국가에서 자유시장경제의 혜택을 누리며 성장해온 우리들, 이 아니 자랑스러운가, 라고. 자유시장경제가 자유민주주의와 합심해서 진정한 민주주의를 잡아먹고 우리들로부터 온갖 원래적 자유를 침탈하고 있다는 것을 전혀 의식하지 못한 채로, 나는 막연히 자유를 예찬하고 있었다.

시장경제체제는 사유재산제도에 기초하므로, 다른 말로는 자본주의 또는 자유기업경제이다. 기업경제가 자유를 보장받는다. 이 자유는 상대에게 창끝을 겨눈다. 창끝은 가진 자유가 적은 사람의, 창을 든 손은 가진 자유가 넘치는 사람의 몫이다. 기업의 순이익이 상승해도 노동자의 소득은 제자리걸음이다. 최악의 경우, 기업의 투자는 미루면서 몇 년 하다가 타산이 안 맞다 하면서 손을 떼어버리면 그만이다. 잘 준비된 시나리오만 있으면, 경영 위기를 서류상으로 증명만 하면, 문 닫을 권리가 생긴다. 사람 내쫓는 것도 권리가 된다. 기업의 자유는 노동자들을 단박에 해고할 자유까지를 말한다. 자유가 보장된 세상이 그렇다.

　이러고서 자유를 예찬해야 하다니, 나는 언제부턴가 자유를 증오한다. 원론적으로는 외부적인 구속이나 무엇에 얽매이지 않고 내 마음대로 행동할 수 있는 자유의 상태를 누군들 마다하겠는가. 그런데 상충이 일어난다. 나의 자유와 너의 자유가 일치하기가 쉽지 않다.

　고도성장의 시대에 우리나라를 기회의 땅이라 했다. 상당수 자수성가를 꿈꾸던 사람들은 계층의 수직상승을 이루어냈다. 계층 상승을 이루다 – 이 말 자체가 사회에 상존하는 계층의 구분을 인정하는 씁쓸한 말이다. 그래도 사람들에게 꿈을 준다. 자유 경쟁을 통해서 계층의 수직 이동이 가능하다는 꿈을. 경쟁할 자유, 그것도 자유인데 경쟁에서 낙오되는 것은 낙오된 자의 무능 탓이다, 라고들 한다. 자유 경쟁이란 어불성설이다. 같은 조건이 아닌 자유 경쟁은 자유 경쟁이 아니다.

느닷없는 생각. 내가 자유 경쟁으로 대입을 뚫었지만, 딸을 낳으면 꼭 이화여대에 보내겠다는 우리 어머니의 성화와 아들도 아닌 딸을 무슨 대학 공부 시키냐는 다른 어머니의 차이가 만들어낸 결과가 아니었을까. 나는 분명 무심한, 어쩌면 더 가난했을 어머니의 딸 대신에 대학에 합격했을 것이다.

나의 자유는 많은 사람들의 부자유를 담보로 하기가 십상이다. 내가 마시는 물과 먹는 쌀은 누군가의 부자유의 대가이다. 쉬고 싶어도 하기 싫어도 물과 쌀을 만들어내기 위해 쏟은 노력과 그 일의 결과다. 그들이 내게 물과 쌀을 만들어주기 위해서 일을 한 것이 아니라 다만 그들과 가족의 생계비를 벌고자 했을 뿐이더라도, 나는 그들의 자유를 대가로 밥을 먹고 물을 마시고 퍼 쓴다. 고마운 줄도 모르고 먹고 마신다. 다른 사람들의 자유의 대가로 살아간다는 생각을 하게 되면 내 마음은 자유롭지 못하다.

반대의 경우는 더 심해진다. 내 자유를 담보로 나와 가족의 생활비를 버는 노력이 그 생활비를 충족하지 못할 때, 나는 내 자유를 다 내어주고도 먹고 입고 사람답게 살 자유, 인격을 유지하면서 살 자유를 건지지 못한다. 내 자유는 저당 잡힌다. 이 자유민주주의 시대에, 이 자유시장경제체제 내에서.

나는 언제부턴가 자유를 증오한다. 자유를 증오해야만 자유를 누릴 심보를 줄이게 된다. 자유를 누릴 심보가 문제다. 나의 감정과 의견을 고려하지 않고 자유롭게 말하는 상대를 보면, 나도 자유롭게 말하고 싶다. 상대의 감정과 의견을 고려하지 않고. 행동은커녕 말도 자유롭게 못 할 게 뭔가. 하지만.

내가 자유를 느낄 때 그 자유가 온전히 내 몫인가. 다른 사람의 것을 빼앗아 온 것은 아닐까. 내가 덜 자유로울 때 나 아닌 타인들의 자유가 덜 침해받으리라는 것이 공식이니까. 지구상에 자유의 부피와 무게는 일정한데, 내가 덜 쓸 수 있어야 하지 않겠는가. 인간이 누리는 자유만 해도 73억분의 1, 그만큼의 자유로 만족하려면 아예 자유를 외면해야 한다.

그뿐이 아니다. 지구는 온통 인간들의 소유물만도 아니다. 셀 수 없이 많은 동물들과 식물들의 자유는 인간들의 자유의 희생이 되고 있다. 땅과 물 또한 인간들의 자유 앞에서 맥없이 무너지고 있다. 태고의 숲은 더 이상 숲이 아니다. 숲은 인간들의 미식의 자유를 위해 커피 재배 단지로 변하고 사육동물의 죽음의 수용소로 변해간다.

자유라는 가치를 생각하다 보면 가슴이 아파온다. 그래서 나는 증오한다, 자유를. 원래는 당연히 꿈꾸었던 아름다운 가치, 자유를.

[2015]

무엇인가를 이해하려고, 알려고
적극적으로 노력하기 전에는
진실이 무엇인가는 필요에 따른 베일에
가려져 있는 법이다.

민중의 노래

내 고향 광주는 봄이 늘 고통이었다. 그러기를 수십 년, 한 세대가 바뀌어도 상처는 아물 줄을 모른다. 진혼곡이든 무엇이든 불러 목이 터져도 시원치 않을 그날이 오면 더욱 서럽다. 이 노래는 저 노래는 된다 안 된다, 합창은 제창은 된다 안 된다, 해서 상처는 더 벌어진다. 근년에는 T.S. 엘리엇의 의미에서 잔인한 달이 아닌, 숨이 멎도록 잔인한 4월이 더해졌음에, 남도의 5월은 이미 먹구름 슬픔 속에서 시작된다.

그런 5월이 끝나가는 즈음 사직공원에 위치한 음악당에서 〈김원중의 달거리〉라는 음악 공연이 있었다.

매월 있는 공연이라는 의미로 달거리이며, 2003년에 시작되어 지금까지 82회째에 이른 이 굿마당은 독특한 성격을 지니고 있다고 한다. 부제가 '빵 만드는 공연'인 만큼 출발할 때부터 실제로 북녘어린이영양빵공장을 후원해오고 있었다고. 지금은 정치적(?) 여건으로 공장 가동이 멈추었다고 하니 마음 한구석이 씁쓸해진다.

올해를 여는 달거리 5월 공연 무대는 〈임을 위한 행진곡〉으로 막이 올랐다. 악기 없이 목소리의 화음만으로 연주하는 아카펠라 그룹이 부르는 아름다운 선율에 청중은 그만 숨이 멎었다. 장내에는 완벽한 고요만이 흘렀다.

> 사랑도 명예도 이름도 남김없이
> 한평생 나가자던 뜨거운 맹세
> 동지는 간 데 없고 깃발만 나부껴
> 새날이 올 때까지 흔들리지 말자

세월은 흘러가도 산천은 안다

깨어나서 외치는 뜨거운 함성

앞서서 나가니……

이 노래는 80년 5월의 한이 녹아내린 광주의 노래
가 맞다. 민주화운동의 마지막 보루였던 도청에서 제
나라 계엄군의 총탄에 산화한 시민군 대변인 윤○○
과 먼저 떠난 노동운동가 박○○의 영혼결혼식에 헌
정된 노래다.

하지만 유족이건 시민들이건 아무런 연유도 작정도
없이 저절로 옛 5월을 추념하면서 불러온 노래다. 어
느새 민중가요가 되어, 노동운동이나 시민사회운동의
자리에서 늘 불리게 되었다. 마침내 1997년에 이르러
5.18 광주민주화운동 기념일이 국가기념일로 승격되
어 정부 주관으로 첫 기념식이 열렸을 때는 기념곡으
로서 공식적으로 제창되었다. 그제야 '사랑도 명예도'
한을 푸는가 싶었다. 그러나 세상은 야속했다. 지난
정부 들어서 돌연 제창이 공식 식순에서 제외되고 식

전 행사로 밀려나더니, 어느새 제창 자체가 폐지되고 합창단의 메뉴로 변질되었다. 한술 더 떠 현 정부에서는 '별도'의 기념곡 제정을 추진하겠다는 미명으로 아예 광주의 노래를 묵살하기에 이르렀다.

광주는 봄만 늘 고통이었던 것은 아니다. 광주는 사시사철 의붓자식이요 외톨이였다.

선배님, 요샌 괜찮으세요?

80년대에 어쩌다 서울에서 대학 후배들을 만나면 묻는 안부의 말이 어찌 들으면 애매했다. 불온한 소굴쯤인 광주에서 교수 노릇하면서 밥 먹고 살자니 얼마나 고생이냐는 위로 아닌 위로의 말이렷다.

그런 광주에서, 또 어느 5월에 열린 음악 공연에서 이렇게 아름답게 불려지는 〈임을 위한 행진곡〉을 듣게 되다니. 어쩌면 당연한 선곡이었을 것이다. 공연을 주관한 김원중은 대학 재학 시절에 〈바위섬〉으로 세상에 나온 가수다. 소위 지방에서 시작되어 전국으로 유명해진 노래는 드물다고, 언젠가 7080 프로그램의 사회자가 그렇게 소개한 곡이기도 하다. "파도가 부서지는 바위섬 / 인적 없던 이곳에 / 세상 사람들 하나둘 모여들더니 / 어느 밤 폭풍우에 휘말려 / 모두 사라지고 / 남은 것은 바위섬과 흰 파도라네 // [……] // 이제는 갈매기도 떠나고 / 아무도 없지만 / 나는 이곳 바위섬에 / 살고 싶어라."

80년 5월 이래 어쩔 수 없이 고립된 광주를 은유적으로 표현한 노래였으니, 그는 광주를 노래하는 광주의 가수일 운명이었다. '광주의'란 매김씨가 더 큰 세상으로의 발돋움에 걸림돌이 될지언정, 그가 없는 광주는 이상할 터다.

이번 5월 공연의 주제는 가수가 인용한 말 영어 그대로 'People who will not be slaves again', 더는 노예적 삶을 참지 않겠다는 민중의 노래에서 차용한 것이었다. 뮤지컬 영화 〈레미제라블〉에 삽입된 〈Do you hear the people sing?〉의 시작 부분에 나오는 구절이다. 혁명을 선도하는 학생회 지도자 앙졸라가 선창하고, 다

른 학생회 회원들과 군중이 함께 부르는 노래다. "그
대 듣고 있는가 / 분노에 가득 찬 노래 / 굴종의 삶
을 거부하는 / 우리들의 노래를 / 너의 심장 소리와 /
북소리 울려 퍼지면 / 어둠 뚫고 새날이 / 밝아 오리
라……."

영어와 한글로 노래하는 김원중과 시민합창단의 목
소리는 손에 든 촛불만으로 밝힌 어두운 무대 위에서
떨고 있었다. 환하게, 장엄하게.

노래의 배경이 된 1832년 파리의 6월 봉기는 진압
된 민주화운동으로서의 광주의 5월과 놀랍도록 맞닿
아 있다. 1830년 7월혁명으로 부르봉 왕가의 샤를 10
세가 퇴위하고 하원에서 루이 필리프를 왕으로 선출
했지만, 공화주의자들의 견해에서 보자면 왕에서 왕
으로의 대체는 무의미했다. 1832년 6월 라마르크 장
군의 시민장 장례 행렬이 바스티유광장으로 향하면서
시작된 봉기에서 '자유가 아니면 죽음을!'이라는 구호
가 터졌다. 하지만 밤새 2만 5천 명 정규군이 합류했
으니, 시민군의 바리케이드는 이틀을 버티지 못했다.

마지막 보루 생메리 교회에서 시위대의 손실은 93명 사망에 291명이 부상을 입었을 정도로 컸다.

그러나 잠깐, 순간의 평가로 본 실패란 언제나 성공의 어머니가 아니던가. 파리의 6월 봉기는 좌절했지만 혁명의 정신은 잉태되어 무르익어갔다. 세월은 흘러서 1848년 2월혁명이 도래했고, 그제서 성공한 혁명은 마침내 제2공화정을 이끌어내며 온 유럽으로 확대되어 세상을 변하게 하지 않았던가.

하긴 그 대통령이 스스로 쿠데타를 일으켜서 공화국을 폐지하고 제2제정을 수립하게 되는 것은 역사의 아이러니일 수밖에.

1980년 광주의 5월도 마찬가지다. 군부독재 퇴진과 민주화를 요구하던 시민들은 계엄군에 깨지고 터졌다. 첫 번째 희생자는 안타깝게도 청력장애인이었다. 사람들은 분노했을 밖에. 그러다 시위 나흘째인 21일에는 계엄군의 집단발포가 시작되었다. '도청 앞 광장에 정렬해 있던 군인들은 맨 앞열이 무릎쏴, 다음 열이 서서쏴 자세로 총격을 가하고 있었다.'(김○○, 당시 D일보 기자) 11공수였다.

11공수, 7공수 그리고 3공수여단은 그 5월 광주에서는 '우리나라 군인'이 아니었다. 그렇게 전화도 끊어버리고 고립시킨 광주에 27일 새벽 투입된 2만 5천 명 계엄군은 상무충정작전이란 이름으로 1만여 발의 사격을 감행했다.

진압은 훌륭하게(?) 종결되었다. 정부가 인정한 공식적인 사망자 수만 해도 154명이었다. '우리나라'를 위해 태극기를 휘날리며 뜨겁게 시위했고, 죽었고, 태극기에 덮여 있던 싸늘한 그들, 우리들.

역사의 아이러니는 끝도 없다. 1980년 5월 광주의 금남로에서 시민들에게 집단 발포를 했던 바로 그 11공수특전여단이 이제서 감히 그 광주의 금남로에서 감히 감히 감히 호국 퍼레이드를 꾀하다니. 보훈처가 그 계획을 전격 취소했으니 망정이지, 11공수특전여단이 광주에게 누구인가, 무엇이었는가. 청천 하늘 아래서 태극기를 들고 애국가를 부르는 시민들을 향한 집단발포, 그것을 그들은 잊을 수도 있다는 말인가. 때로는 무심함도 죄렷다. 광주 사람들은 어째도 〈임을 위한 행진곡〉을 쉬이 잊지 못할 것이다.

[2016]

눈부시게 아름다운 5월

하이네의 시구처럼 '눈부시게 아름다운 5월'이 오자 특별히 부산한 일이 생겼다. 졸업 50년 홈커밍을 앞두고 흩어져 살던 동문들이 단톡으로 모여드는 중이었다. 단톡 회장이 혹시나 하면서 초대 전화를 걸어왔을 때, 그 목소리는 참으로 신기했다. 50년 세월을 건너뛴, 마치 축지법을 쓰듯 축시법(縮時法)을 쓰는 마법이었다.

명실공히 이 할머니(?)들은 분주했다. 갑자기 아침 문안에서 결혼 50주년 소식까지, 미국에 나가서 그쪽 사람이 되어버린 친구들까지 불려 나와서는 다른 시간을 살면서도 부지런히 톡 시간을 맞추곤 했다. 현안은 50주년 나들이에 있었다. 전야제로서 1박2일 남도 여행, 그리고 본 행사인 메이데이에 모교 캠퍼스를 정중히 방문하는 일이 준비되었다.

두 번의 나들이라고? 여행과 운동, 운동과 여행을 기피하는 행동 1순위나 2순위로 꼽는 나로서는 둘 다는 어려웠다. 물론 더 많은 얼굴들을 만날 본 행사에 무게가 갔다. 그런데 하필 남도 여행이라니! 여수 또는 순천의 1박은 사뭇 유혹적이었다. 한 시간 남짓 차를 달린다면 저녁에 숙소에 든 친구들 얼굴을 잠깐 보고 올 수는 있으리라. 돌아오는 밤길 고속도로가 좀 걱정이긴 하지만…….

그런 염려는 단숨에 날아가버렸다. 새벽에 눈을 거의 감은 채 화장실에 들어가려던 발이 슬리퍼 한 짝을 잘못 꿰었고, 그것으로 여행 계획은 물 건너갔다. 다행하게도 왼쪽 손목만 골절이라는, 위로 아닌 위로를 받으며 붓다 못해 뒤틀린 손목에 깁스를 하고 돌아오는 시간에, 친구들은 남으로 남으로 내려오는 중이었다. 하필 그날에. '내 불쌍한 왼팔'이라고 써서 깁스한 사진을 보냈다. 오늘 '못 참'이라고 쓰는 것보다 효과적이었다.

그렇다고 졸업 50주년 나들이까지를 포기하기에는 단톡방에서의 늘그막 우정이 너무 진했다. 고속철도를 이용하면 전국이 일일생활권인 나라에서 50년 만의 해후를 포기할 순 없었다. 약속은 약속이니까. 병원에 실려 간 것도 아니니까. 두 발은 성하니까. 기차표를 예약해서 프린트아웃을 해놓았다. 사진으로 단톡방에도 올렸다. 마음 흔들리는 것을 막는 방편이었다.

눈부시게 아름다운 5월의 마지막 날이 왔다. 깁스한 팔을 감추기 위해서 머플러로 감싸면서, 요즈음 보기 흔한 장면, 포토라인에서 수갑을 감싸는 모양새가 생각나서 혼자 킥킥 웃었다.

그렇게 나타난 내 모습을 친구들은 정말 반겨주었

다. 허리까지 늘어뜨렸던 긴 머리 소녀는 조신한 스타일 머리로 놀라게 했고, 목소리들마저도 3도 화음 정도로 알토 음으로 변해 있었다. 누구에게나 공평한 시간의 작용은 참으로 신기했다. 다행하게도 눈도 함께 노화작용을 겪는 우리는 현미경 눈이 아니라 친구들이 예쁘기만 했다.

흐뭇한 것은 이제는 후배들이 튼실하게 동창회를 꾸려가고 있는 모습이었다. 물론 그중에는 초창기부터 오래도록 협력하던 후배들도 있었다. 어쩌면 평생을, 왜냐하면 우리가 독문과 1회였기 때문에, 졸업하고 곧 동창회를 이끌어야 했던 초창기 그룹들은 평생을 봉사하고 있는 셈이었다. 당연히 눈에 띄는 후배가 있었다. 선의에 가득 찬 긍정적인 얼굴이 참 고운 사람이었다. 나를 만나면 매번 똑같은 인사를 하곤 했었다, 선배님, 괜찮으세요?

무슨 뜻일까 애매하면서도, 처음엔 멋쩍어서 대답이 서툴렀다. 광주에서 기차로 오르락내리락하며 뒤

늦게 공부를 다니고 있는 선배의 처지가 고달파 보였거나, 비실비실한 몸으로 사서 하는 그 고생을 이해하지 못했거나.

박사과정이라는 것이 지난한 과정이다 보니 또 얼마 후에 만나게 되고, 또, 또, 모교의 행사에 가면 만났다. 그 같은 인사도 여전히 계속되었다. 그러다 문득 깨달았다. 그 후배는 부산이나 대구에서 서울의 모교에 나들이 오는 선배들을 걱정하는 일은 없었다는 것을. 다만 광주라는 '불온한' 고장에서 사는, 살아가야 하는 선배가 내심 걱정이었던 것이다. 그것도 하필이면 대학에서 살아간다니⋯⋯. 그 나름 착한(?) 마음이 떠올라서 후배에게 진한 미소를 보냈다. 그런데 웬일인지 이번에는 그렇게 묻지 않았다. 대신, 팔 웬일이세요? 라는 변형을 들었다. 그래, 광주를 좀 알게 되었을까?

그러니까 믿음의 문제다. 믿음은 믿는 마음이다. 무엇인가를 받아들이는, 무엇인가에 대해 확고한 진리로서 받아들이는 개인의 심리가 믿음이다. 그것이 정치나 사회 또는 철학적 가치와 관련될 때는 신념이라고 주로 한자어로 쓰게 되며, 뭔가 객관적인 뉘앙스를 띠게 된다. 그러나 믿음이건 신념이건 다분히 주관적인 것이다.

신념이라는 것의 정체를 생각하면 곧 깊은 회의가 드는 것은 우리가 신념으로 인해 빚어지는 반목을 밥 먹듯이 경험하고 살기 때문이다. 다 같이 신 또는 신들을 믿으면서도, 다 같이 신앙인이면서도 그 대상이 다르다는 이유로 서로 증오와 박해를 일삼아온 종교적 갈등이 가장 큰 문제다. 다 같이 이념들을 신앙하면서도 그 이념의 내용이 다르다는 것만으로 반목의 극치를 달리는 정치도 적 아닌 적들을 양산한다.

예컨대 아주 간단히 줄여서 5.18이라고 부르는 그해 5월 열흘간의 광주의 일은 신념대로 해석되는 것이다. 만날 때마다 '험지'에서 고군분투 살아가야 하는 선배를 걱정해주는 고마운 후배는 광주와 광주 사람들을 잘 알지 못했고, 상당 부분 오해했을 것이다.

무엇인가를 이해하려고, 알려고 적극적으로 노력하기 전에는 진실이 무엇인가는 필요에 따른 베일에 가려져 있는 법이다. 선량한 많은 사람들이 참혹한 실상에 관해서 들으면, 설마 하고서 의심하며 부인을 해버리는 쪽을 선택하기가 쉽다는 것이다. 참혹하니까, 차마 믿을 수 없으니까, 내심 믿고 싶지 않으니까.

마침 올해 그렇게 눈부시게 아름다운 5월에 광주에서는 의미 있는 두 권의 책이 발간되었다. 크라운판 216쪽 분량의 『5.18 10일간의 야전병원』과 신국판 608쪽 분량의 『죽음을 넘어 시대의 어둠을 넘어』가 앞서거니 뒤서거니 출판되었다. 『야전병원』은 '전남대학교병원 5.18민주화운동 의료활동집'이고, 『넘어 넘어』라고 불리는 '광주 5월 민중항쟁의 기록'은 32년 전의 소위 지하 베스트셀러를 전면 개정판으로 내놓은 것이다.

특히 이번에 새로이 알려진 대학병원의 열흘간 진료기록은 광주 사람들에게도 놀라운 부분이 많았다.

설마, 대학병원까지야. 적군을 정성스레 간호하는 전선에서의 간호장교의 모습들을 영화에서 익히 보아온 우리들로서는 병원만은 최소한의 안전이 보장되었을 것이라고 믿어왔다. 그러나 처참했다.

대학병원 구성원으로서 이름과 명예를 걸고 말하는 진솔한 실상, 수술실에도 날아드는 총탄에 대한 증언과 이름표가 붙어 있는 의사가운에 뚜렷이 남아 있는 관통 흔적 등은 1%도 픽션이 아니었다. 의식도 없고 신원이 확인되지 않아서 '파추하(파란 추리닝 하의)' '검파상(검고 파란색 상의)' '남광여(남광주역에서 발견된 여자)' 등으로 환자를 불렀던 새내기 간호사의 눈물범벅의 증언에 가감이 있을 수 없었다. 파추하 씨는 살아났을까. 이름을 찾았을까. 검파상 씨는…….

울고 싶었다. 깁스한 팔은 통증이 거의 멎었는데 명치끝이 막히고 가슴이 쓰려왔다. 눈부시게 아름다운 5월의 반가웠던 50년 친구들, 후배들, 특히 나를 늘 걱정해주던 후배의 얼굴, 아니 이화 캠퍼스를 가득 채운

그날의 행복한 얼굴들을 생각한다. 이 따뜻한 얼굴들은 오래도록 아파왔고 여전히 아프고 있는 광주를 잘 알지 못한다. 몸과 마음이 멀어서 알지 못한다.

[2017]

사람은 무엇으로 사는가

올해 2018년 1월 1일을 기준으로 세계 인구는 7,591,860,074명이라고 한다. 오늘도 태어나고 있는 신생아를 생각하면, 사람은 무엇으로 사는가 싶어 아찔하다. 사람이 살아가는 데 필수적인 세 가지 요소는 의식주라고 일컬어진다. 이 세 가지 요소를 충족해야 기초적인 생활을 할 수 있다고, 벌써 초등학교 3학년쯤부터 배우기 시작하는 개념이다. 그런데 그중에서도 왜 그 순서가 의식주인가. 옷과 음식과 집, 그중에서도 왜 옷이 먼저인가. 어려서부터 나는 그 순서가 싫었다.

어머니와 불화의 시작이 옷이었을까. 자라면서 옷에 치중하는 어머니에 대한 불신이 함께 자랐던 것 같다. 거추장스러운 한복을 벗어던진 활동성까지는 이해 못 할 것도 없었다. 다른 엄마들에 비해서 눈에 띄는 것이 오히려 부끄러웠던 기억, 그 정도였다. 한편으로는 사람들의 선망의 대상이기도 했던 것인지, 이웃 엄마들도 하나둘씩 한복을 벗어던졌으므로, 양장은 살짝 앞서는 경쾌한 무엇이었다. 하지만 충장로 ─ 서울 같으면 명동 ─ 의 아스팔트를 닦고 다니는 판탈롱 바지는 그 먼지 때문에도 다툼의 근거를 만들었다.

엄마, 웬 먼지를 다 쓸고 오세요? 식구들 아무도 나서서 엄마에게 태클을 걸 생각을 못 했을 때, 큰딸인 나는 온 식구들 특히 아버지의 선봉장이 되어서 어머니와 싸웠다. 톱가수가 미니스커트를 입으면 다 큰 딸들에게 미니스커트를 입혀 데리고 다니려 했고, 거기까지는 또 괜찮았다. 파격도 파격으로서의 멋은 있으니까. 하지만 비키니라니! 반세기 전 시골 해변의 비키니를 상상해보라. 물론 요즘 개념으로는 핫팬츠에 얌전한 탑 정도였지만, 한 뼘은 족히 드러난 배와 등을 가리려고 쭈그려 앉는 부족한 딸들에 비해서 어머니의 옷 선택은 가히 진보적이었다.

시집을 가자 친정에서 조실이라 불리게 되었다. 바로 독립된 가정을 꾸리면서 그렇게 내가 엄마가 되었다. 내 집에서는 의식주 우선순위를 완전히 바꾸기로 했다. 음식이 1순위다. 섭취하는 음식은 나를 내 몸을 만들기 때문에 나를 위한 것이고, 내가 입는 옷은 남들이 보기 때문에 남을 위한 것이다. 나는 이기적이기로 정했다. 맛있고 정갈한 음식이 먼저, 그 다음은 포근하고 청결한 이부자리다. 이부자리는 옷이 아니라 집에 속한다. 그러니까 식·주·의 — 마지막이 옷이다.

하루는 어머니가 오셨다. 오래전 일이었다. 겨울이었고 둘째가 마침 옷을 갈아입는 참이었다. 털실로 짠

바지는 멜빵까지 있어서 내가 입혀주어야 했다. 바짓가랑이를 꿰려다 말고 아이가 마루를 뛰어갔다. 외할머니가 오셨으니 반가웠던 모양이다. 아뿔싸! 어머니는 못 볼 것을 보셨다. 남자애들이 입는 면내의는 쉽게 무릎이 해졌고, 나는 당연히 곱게 꿰매서 입히고 있었다. 어머니는 노발대발이셨다.

나는 너희들 그 수를 다 키웠어도 무릎 기워서 입히고 안 그랬다. 세상에, 어쩐다고 박사님 아들들을 이리 키운다냐! 뭔 사내애들을 털실로 뜨개질해서 입히고 그런다냐. 조끼도 아니고 바지까지 떠서. 그럼 너 뼈골만 빠지제, 그냥 사서 입혀야! 이쁜 것들 천지구만.

딸들 시집갈 때 재봉틀을 해서 보내면 바느질 해먹고 산다고 혼수에서도 빼시는 분이다. 하지만 손바느질을 어찌 막으실 수 있을까. 뜨개질을 어찌 막으실까. 돌아가실 때까지 큰딸이 못마땅해서 속이 안 편하시게 사셨다. 직장 가진 딸을 안쓰럽게만 보셨고, 어찌 생각하면 자존심이 좀 상하신 듯 보였다. 편히 지내는 친구네 딸들을 많이 부러워하셨다. 박사도 해봤고 교수도 해봤는데 그만하면 안 되겠냐? 남들처럼 너도 인생을 알아야 하는데…….

어머니는 그런대로 천수를 하시고 돌아가셨다. 그리고 고아가 된 이제야 그것을 느낀다. 어머니로서는 성취보다는 여유를 바라셨는데, 나는 어머니가 말하는 인생은 놀고먹을수록 의미 있다고 생각한다고 오해했었다. 그래서 나는 아마 일부러 거의 죽어라 일하고 사는 모습으로 어머니에게 항의했던 것 같다. 그러는 사이 습관으로 굳어버려서 여가에도 쉴 줄을 모른다. 여가가 심심하다. 그런데?

그런데 결과는 참담하다. 책상에 좀 앉아 있다가 화장실에 들어가다 보면 쓴웃음이 절로 난다. 구부정도 아니고 완전히 기어가는 웬 늙은 여자가 큰 거울에 엉기적거리며 들어온다. 앉아 있는 자세에서 그대로 굽어버린 허리 때문이다. 어머니는 충장로를 넘어서 설악산과 제주도를 일상처럼 누비시다가, 동남아며 호주를 건너, 샌프란시스코의 금문교며 뉴욕의 자유의 여신상까지를 섭렵하셨고, 돌아가실 때까지도 이런 처참한 몰골은 아니셨다. 화장실에는 왜 이리 큰 거울이 붙어 있는 것인지, 처음으로 의아했다. 아예 안 움직여지기 전에 일단 허리를 펴야 한다. 완전히 뒤로 젖힌다고 생각하면 겨우 펴질까 말까. 어깨는 어깨대로 오그라진, 이 몰골의 주인이 너다. 어머니가 말리시던 일, 일, 일을 좀 덜 하지 그랬냐. 너도 인생을 좀 알아라, 하시던 어머니를 좀 귀담아듣지 그랬냐.

그렇다고 사람은 무엇으로 사는가라고 물으면, 의식주, 그것도 옷부터 세지는 않을 것이다. 나름 그런대로 게으름 피우지 않고 내 일이라고 생각한 일들을 했고, 잘 못했다는 후회는 있을지언정 너무 많이 했다는 후회는 없다. 일을 하지 않을 수 있었던 숱한 시간들이 나에게 무슨 의미였을까, 가정법이라 잘 모르겠다. 또 일의 과적이 요추 압박골절들의 직접 원인은 아닐 것이다.

톨스토이는 단편소설 「사람은 무엇으로 사는가」에서 추상적인 답을 냈다. 인간 세상에 내려와 살게 된 벌을 받은 천사 미하일의 입을 통해서였다. 사람의 마음에는 하느님의 사랑이 있고, 사람에게 주어지지 않은 것은 자신에게 필요한 것이 무엇인가를 자각하지 못한다는 것, 그리고 끝으로 사람은 사랑으로 산다고.

불굴의 소설가라서만이 아니라 많은 존경할 점이 있는 톨스토이의 말이고 보니, 너무 잘 알려진 말이라고는 해도 다시 한번 생각해볼 일이다. 인간은 자신에게 필요한 것이 무엇인가를 자각하지 못한다. ─ 이 말은 한 치 앞을 모르는 인간에게서 누차 증명된 사실이다. 하지만 '사랑'이 들어가면 나는 혼란에 빠진다. 몰이해의 극에 달한다. 사랑은 누구에게나 여전히 애매한 개념이 아닐까. 하느님의 사랑이든 감히 인간의 그것이든.

하지만 한 가지, 사람은 의식주만으로 살아가는 것이 아니라는 것은 분명하다. 그중에서도 글자의 순서상 앞서는 의복이 가장 중요한 가치는 아닐 것이다. 배가 고프면 사람들은 가장 가까이에 있는 것을 먹는다. 숲속 생활체험기『월든』을 쓴 헨리 데이비드 소로가 그리 말했다. 춥고 졸리면 무조건 쉴 곳을, 꼭 격식을 갖춘 의복이 아니라 최소한의 가릴 것, 따뜻한 무엇을 찾는다고. 미분양 아파트들은 늘지만 여전히 무주택자도 늘어나는 기묘한 통계의 나라가 한국이다. 50,982,212명의 한국인들 누구나 비싸지 않은 안전한 집에서 편히 잠들 수 있기를 기대해본다. 넉넉한 음식을 나누며 편한 옷을 입고 뒹굴 수 있기를. 그렇게 되면 사랑이든 무엇이든 고차원적인 어떤 것들도 젖과 꿀처럼 넘쳐흐르리라.

[2018]

내가 만일

내가 만일, 그것은 안치환이 다 말해버렸다. 내가 만일 하늘이라면 그대 얼굴에 물들고 싶어 – 그보다 더 멋지게 '내가 만일'을 노래할 수 있을까. 한번은 그 목소리를 음미하기 위해서 눈을 감고 들어보기도 했다. 그러다 안치환이 동료 가수의 30주년 콘서트에 왔을 때, 그를 가까이에서 보고는 조금은 놀랐다. 핼쑥해진 것은 건강 때문이었을까, 스산해 보이기까지 했다. 노래는 더욱 가슴으로 들어왔다.

시가, 노래가 없었다면 세상이 얼마나 더 삭막했을까. 하나마나 한 소리를 지금 내가 하고 있다. 내가 만일 '내가 만일'이라고 노래하련다면, 내 시는 어디쯤에서 시작해야 될까. 내가 만일 남자로, 내가 만일 독일인으로, 혹은 술탄의 나라에서……, 그렇게 엉뚱한 상상을 하기에는 내 상상력은 날개가 부실하다. 현실감각도 없으면서 환상의 능력은 더더욱 꽝이다. 해서 기껏 '내가 만일 고분고분한 학생이었다면……'으로나 시작할 수 있을 것 같다.

얼핏 들으면 특별한 문제아거나 혹여 천재적 발상으로 눈에 띄는 청소년이었구나, 그쯤을 상상할 수 있겠다. 하지만 답은 '전혀 아니올시다!'이다.

물론 어떤 아이가 처음부터 고집스럽게 자라지는 않는다. 초등학교 시절 긴긴 간헐적 결석에도 별 문제 없는 학교생활을 하던 나에게 중학교에 입학하면서 약간의 불운이 시작되었다. 입학과 관련하여 어떤 특정 이유로 교사들의 불편한 관심을 받던 차에, 당시 서슬이 퍼렇던 대통령의 행사에 화동으로 뽑혀 나갔던 사건, 정확하게 말하자면 행사장에서의 졸도 사건으로 또 한 번 눈에 띈 일이 화근이었다. 이후 그 학생의 인생은 너무 많은 사람들의 주목을 받는 매우 불편한 것이 되어버린 탓이다.

관심은 짐이었다.

넌 수채화보다는 유화가 맞겠다! ─ 예.

지하 미술실에서 세계명화집을 베끼는, 요새 같으면 성경 필사와 조금 비슷한 도제식 그림 수업이 시작되었다. 위트릴로의 〈코탱의 골목〉이나 〈클리냥쿠르의 교회〉를 펼쳐놓고 하늘빛을 모사한다. 아, 나는 아니구나. 그러면 이상한 고집이 발동해서 정말 아무렇게나 그렸다. 농업 선생님이 담임 선생님이 되어서 우리 반 아이들이 학교의 토끼장 관리를 해야 했을 때에는 기꺼이 토끼장 관리에 손을 들고 끼었다. 토끼들을 교정 담벼락 쪽 풀숲에 풀어놓아버리고 하루 종일 찾노라면, 그대로 하루 종일 수업은 물론 방과 후 미술실을 피하는 널널한 핑계가 되었다.

피아노는 계속해라, 손가락이 참 길구나! – 예.

강당의 그랜드피아노에서 고등학생 김ㅇㅇ 선배가 치는 피아노 소리는 내 소리랑은 급만 다른 것이 아니라 아예 질이 달랐다. 하늘땅만큼 달랐다. 그러면 고집스레 정말 아무렇게나 쳤다. 참, 그 선배는 피아니스트가 되었다. 서울음대를 졸업하고 오스트리아 빈이던가 유럽으로 유학을 떠났다. 돌아와서는 서울의 어느 대학교 음대 교수가 되었다. 피아노학회 회장으로도 활동하더라.

체육시간엔 그냥 쉬어라! – 예.

하릴없이 양호실이나 도서실을 어슬렁거리면서 심심하면 책들을 읽었다. 그러기를 몇 년, 시와 소설들에서는 더는 읽을 책도 없었다. 『순수이성비판』이라고? 옳지, 이런 어려운 책은 읽는 데에 시간이 많이 걸려 좋겠다. 어림없는 소리! 한글과 한자 병기라서 읽을 수는 있었다. 소리 내어 읽을 수는 있었다. 하지만 한 페이지도 더 이상 머릿속에 들어오지 않는 희한한

책이었다.

내가 만일 – 내가 만일 독서도 다른 것들처럼 괜한 고집으로 던져버렸더라면! 책이란 읽을 것이 못 되네, 하고서 책들을 외면해버렸었더라면! 확신하건대 나는 더 건강한 삶을 살았을 것이다. 또 다른 산뜻한 무엇인가가 나를 기다려줬을 것이고, 나는 나비처럼 가볍게 삶을 살아내지 않았을까. 다른 사람들의 생각의 흔적들을 읽어내는 지난한 바보짓보다는 더 환한 일들에 묻혀서.

왜 그랬을까. 그때 나는 등을 돌리지 않았다. 아, 책 읽는 것도 할 짓이 아냐! 그러고 돌아섰을 것 같은데, 그랬어야 했는데, 그 참엔 와락 화가 났다. 사람이 쓴 책을 사람이 읽지 못하다니! 까짓것, 이게 독일어가 원문이란 말이지, 독일어를 배워서 독일어로 읽자, 뭐!

그길로 독일어는 수단이자 목적이 되었다. 그 간단

한 이유로 독일어를, 독일어만을 공부했다. 고1 때부터 학원에 가면 독일어 문법을 수강했다. 독일어 문법은 학원 통틀어 단 한 사람의 선생님이 강의했고, 상급과 하급 두 강의뿐이었다. 계속 들었다. 독일어 문법책도 단 한 종류뿐이었다. 나중에 심심해지면『독일인의 사랑』같은 소설 읽는 반에도 등록했다. 물론 독일어 소설이다. 참 옛날이었다. 그런 교실에는 대학생들이 주로 왔다. 독일에 유학 가려고 독일어를 공부한다는 음대생 등이 왔고, 무슨 고시 준비를 한다는 어른 같은 학생들도 왔다. 두세 편을 반복해서 들었다. 외울 정도가 되었다. 그리고 일고의 여지 없이 독문과에 진학했다.

우스운 일은 그『순수이성비판』을 독일어로 읽은 적이 없다는 사실이다. 그 이전에 읽고 싶은, 읽어야 할 소설들이 많았다. 나는 철학책보다는 소설책이 더 좋았다. 소설들은 해마다 달마다 날마다 쏟아져 나왔다.

그렇게 평생을 살았다. 의심도 없이 그렇게 살았다.

그러다 어느 시점에 가서는 허무해졌다. 정말로 허무했다. 남의 나라 사람들이 남의 글로 쓴 소설들을 읽고 그것을 해석하고 소개하는 일 – 그렇게 평생을 산다는 것이 참으로 억울했다. 그때서야 억울했다.

내가 만일 – 여기에서 또 한 번 '내가 만일'이 나올 차례다. 내가 만일, 내가 만일 억울함을 좀 더 빨리 느꼈었더라면! 그랬더라면 내 서툰 글을 더 빨리 시작했지 않을까. 어중간하게 시작한 새 일로, 엉성한 글쓰기 때문에 작가로서의 자긍심을 지니지 못한 채 그냥 늙은 사람이 되어 살아간다. 너는 소설가야! 그렇게 말하는 대신, 여름 이부자리며 모시 등지기 준비에 푸새를 하지 않고는 못 배기는 시골 할머니가 되어 있다.

사는 일은 하인도 한다! 프랑스 어느 시인이 했던 말이다. 충격적인 발언인데, 그 이름을 잊다니! 고고한 침묵 속의 알프레드 드 비니(Alfred de Vigny)였을까.

아무튼 하인을 두고서 인간적으로 폄하한 발언일 리는 없다. 사는 일은 누구나 한다, 라고 읽어야 하리라. 누구나 하는 '그냥 살기' 그것을 하지 않겠다던 그 시인은 귀족 신분도 헛일, 가난 속의 상아탑에서 초라하게 죽어갔다던 것 같다. 어쩌면 하인보다 못하게. 그러나 나는 그의 발언을 늘 기억한다. 그러면서도 어중간하게 살아간다. 고슬고슬 먹고 고슬고슬 자는 일이 제일 소중한, 단세포적인 인생관으로 늙어가는 나는 이제는 '내가 만일'이라는 상상도 꿈도 작동하지 않을 만큼 외길로 좁아져버린 인생을 살고 있다. 하인처럼.

[2019]

우물 안 개구리,
개구리도 되지 못한 우물 안 올챙이 –
'우올'로 생긴 대로 살아가기로 한다.
하늘과 해를 달을 별을 볼 수는 있겠지.

겨울 바닷가, 북해

누가 그곳을 바다라고 하겠는가. 그곳은 어둠이었다.

오늘은 2020년 여름, 하늘에 갇혀 공기에 갇혀 암울한 나날, 길고 긴 장마에 집콕이며 방콕이 새로운 일상이 되자 먼 데 먼 날에 잠기는 일이 잦아졌다. 어느 해 겨울 – 하필 북해라고 하는 바다를 보고 싶었었지. 소설 속에서 묘사되는 대로 얼마나 스산한지 확인하고 싶었었나.

1997년이 저물어가는 크리스마스 휴가철이었다.

그때 나는 연구년으로 쾰른에 머물고 있었고, 남쪽에서 온 일행을 만나서 북쪽으로 향했다. 가벼운 여행이었기 때문에 실은 딱히 정해진 목적지도 없었다. 북해를 보러 가는 데에만 뜻을 맞췄다. 일단 기차로 국경을 넘어 북해로! 유럽의 기차 여행은 안전하기 이를 데 없고…….

천만에. 어떤 사고였는지 정확하게 모르는 채로 바로 국경 앞 에머리히에서 기차가 멈췄다. 택시로 네덜란드의 아른헴까지, 역에서 제공해주는 버스로 다른 역으로 이동하여 다시 기차로 위트레히트까지. 거기서 내려서 하룻밤을 묵기로 했다. 그러고서 암스테르담에 도착해서는 운하를 경험하고, 다음 하를럼에서 잔트포르트 해변까지. 헤아려보니 정말 일곱 번의 우회, 아니 유희를 거쳐 도착한 바닷가였다.

바다는 많이 광활하고 그 광활한 만큼 엄청난 바람을 몰고 와서 우리를 내몰았다. 적어도 환영은 아니었다. 앗, 바로 이곳, 근처 하를럼과 암스테르담에서 활

동했던 라위스달(Jacob van Ruisdael)의 그림 〈폭풍우〉가
그대로 눈앞에 펼쳐졌다. 해는 곧 질 것이었으므로,
아니 이미 지고 있었기에, 그에게 증명사진(!)을 부탁
했다. 하늘 바다 해변이 하나. 이 한 장의 사진에 매서
운 바람과 어둠의 기억이 박제될 것이다. 바닷가 쪽으
로 향하는 뒷걸음이 흔들, 사뭇 위태로웠다. 바람은
지는 해를 두고서 무섭게 폭우를 동반해 왔다. 10분
전의 풍경이 전혀 다르게 변해버렸다. 겨우 몸을 가누
고 도망치듯 바닷가를 벗어나야 했지만, 체험은 길이
가 중요하지 않다 싶었다. 순간이 영원할 수도, 영원
이 순간일 수도 있음이여!

　어둠 속 갑자기 비가 쏟아졌다. 무서운 장대비를
맞으면서 이리저리 헤매다 들어간 곳이 '카페 홀란드',
나는 뜨거운 글뤼봐인을 그는 차가운 맥주를 마셨다.
날은 아주 어두워 왔고, 푹 젖은 사람들이 가끔씩 들
어왔다. 카페는 피난처였다.
　그가 담배를 가지러 자리를 떴다. 고향에서 집에서

얼마를 멀리 떨어져 나와서 이 밤 낯선 바닷가 카페에 혼자 앉아 있는 것인가! 쾰른을 출발해서 이곳 바닷가에까지 ─ 하필 여정에서의 우여곡절은 뒤쫓는 연적을 피해서 도망치는 연인들의 행적이라 해도 합당할 코스였다. 그가 돌아올 때까지의 15분에서 20분 사이가 영원처럼 길었다. 잠시 후 그를 다시 볼 수 있으리라는 단순한 기대에 균열이 생겼다. 그것은 상존하는 먼 먼 거리감 때문이었다. 아무렇더라도, 나는 그곳을 떠나 쾰른으로 잘 돌아올 것이었다. 다음 날 예정대로 잘 돌아왔다.

　ps. 증명사진은 예컨대 타인들의 눈에는 너무도 보잘것없을 일이므로 내 마음의 것으로 두기로 했다.

[2020]

사피엔스의 언어

장편 『숨』이 숨을 내쉬었다. 지난해 늦은 가을이었다. 하루에 한 매를 썼을까. 과작이 아닐 수 없다. 과작이라도 다행이다. 필을 놓고 있는 것보다는, 그렇게 위안을 한다. 문제는 그다음이다. 무엇을 썼을까. 무엇 하러 썼을까. 아무 소용 없는 짓을 하면서 시간을 죽이고 아무 쓸모 없는 것을 내놓았다. 선배 또는 동료 소설가들이 말한다. 이번엔 더 좋았어요. 이런 친절은 선의의 거짓일 것이다. 누구나 다 그래요, 바닥에 내려가야 올라올 수 있어요. 이런 위로가 더 진실하다.

외도를 저지르기도 했다. 당연히 단편 청탁일 줄 알고 예스! 했다가 덤터기를 썼다. 「순수에의 강요」라는 제목으로, 장르문학의 세상에서 순수문학의 일에 관한 고찰이라니! 주문대로 쓰고서도 허탈했다. 논문을 손 놓은 지 10여 년, 더구나 독문학에 관한 글도 아니었다. 그 세월이면 강산도 변한다거늘, 숙제를 맡으면 되돌리지 못하는 바보이다 보니 정말로 바보 같은 글을 내놓게 되었다. 시간을 또 얼마나 죽였는지. 달리 할 대단한 일도 없지만, 죽인 시간과 결과물을 보면 한심해서다. 그런 생각이 엄습하여 오래도록 짙은 우울감에 짓눌려 헤어나지 못한다.

눈을 밖으로 돌려보아도 마찬가지다. 호모 사피엔스에게 미래가 있을까. 전염병의 창궐로 우울해진 우리의 일상이 회복될까. 생태환경이 변해가는 지구상에서 살아남을 수 있을까. 정보기술과 생명기술이라는 양대 혁명의 틈바구니에서 인간이 인간이기가 가능할까. 일자리는커녕 할 일조차 없어질 무용지물의 인간이 생존의 위협 앞에서 문학을 예술을 탐할까. 탐해서 뭣 할까. 다시 한번 소설이야말로 무용지물이라는 결론에 도달하는 때이다.

그러는 사이에도 책들은 도착한다. 『수메르, 혹은 신들의 고향』을 다 못 읽은 터에 어쩌자고 『고대근동문화』를 주문했고, 느닷없이 에른스트 블로흐(Ernst Bloch)의 『희망의 원리』 여러 권을 서재 깊은 안쪽에서 새로 꺼내다 놓았다. 꼭 읽고 싶은 『도동 사람』이라는 632쪽짜리 소설도 왔다. 또 시집들, 수필집들이 도착한다.

책을 꼭 읽어야 됩니까? ― 책을 읽을 수가 없어서 안과에 갔더니 안과의사가 하는 말이다. 이쯤 나이가 들면 책을 읽지 않고 살아도 되지 않겠느냐는 말인가 보다. 명예교수란 이름만 교수라는 것도 모를 리 없어서 하는 말이렷다. 널려 있는 매체들에서 정보며 오락을 다 누리는 세상인데 굳이 책을 보려 하느냐, 시력을 더는 교정할 안경이 없다. 그런 얘기였다. 정히 책을 읽으려면 수정체를 바꾸는 수술을 하세요! 큰 병원으로 가서서 상담을 해보세요, 저는 이제 수술 안 합니다. 이상하다, 작년 이맘때까지만 해도 멀쩡하던 안과의사가 수술을 하지 않는다고? 이 사람도 시력이 엉망이 되었다는 말인가. 늙지 않는 사람은 없으니까.

책을 덮으라고? 눈을 바꾸거나? 책을 보는 대신 다른 곳들을 둘러보기 시작한다. 찬장이며 싱크대는 세월의 때가 앉아서 닦아도 닦아도 반짝임을 되살려내지 못한다. 젓가락 주머니 같은 자잘한 소품들을 만들다 둔 바느질 상자 주변에는 천 쪼가리며 실밥들이 어수선하다. 책을 읽을 수 없는 시력이라는 안과의사의 말이 맞기나 한 것일까. 보이느니 먼지뿐이다. 글자는 보이지 않고 먼지만 보는 눈이 되다니. 책 대신 그보다 훨씬 더 많은 먼지들과 싸우다 보니, 회전근개 어쩌고 수술대에 잡혀갈 뻔했던 어깨가 다시 빠질 판이다.

밖을 바라보자! 창밖을 내다본다. 아, 또 유리창의 얼룩들. 애써 외면하며 베란다 밖으로 향한다. 모기장으로 어두운 서재의 창밖에 나팔꽃 송이들이 피어난다. 심지도 않은 곳에서 피어나는 분홍 나팔꽃. 베란다 천장까지 자라더니 창틀 위까지 뻗어나가던 줄기들을 더 어디로 보낼까 궁리하려던 참에, 줄기 뻗는 것을 멈추고서 꽃을 피운다. 신기하다. 요 며칠을 눈만 뜨면 분홍 나팔꽃 송이를 세려고 베란다로 나간다. 한두 송이가 피었다가 지면서 새로 두어 송이가 피어나는 줄기를 따라 넋을 놓는다. 스물하나, 스물둘……. 그래, 꽃들을 보라는 눈이구나. 두 줄기를 따라서 나란히. 초록색 포장노끈으로 만들어둔 꽃길이 호강을 한다. 그런데 줄기가 자라는 것을 멈추고서 꽃송이를 피워내는 것이 정말 신기하다. 아이를 낳는 나이가 되면 더는 키가 크지 않듯이.

아차, 내 안경! 이번에는 이리저리 안경을 찾아서 쓰고 핸드폰을 가지고 다시 나간다. 고개를 한껏 뒤로

젖혀야 창틀 위 꽃송이들을 담을 수 있다. 날짜별로 컴에다 저장을 해둘까 싶다. 돌아서다 보면 몇 년을 쉬다가 올해 피어난 소철의 새 잎들에 경탄한다. 소철의 나이 40대인데 – 우리가 이 집에 이사 올 때 그러니까 1986년 봄, 이미 상당히 무겁게 자란 화분을 어느 지인이 낑낑거리며 들여놓았으니까 – 그 모양새가 그리 많은 물을 먹지 않을 것이라는 선입관 때문에 물 주는 일에 등한했었다. 그것이 올해는 하필 어디서 묻어 온 나팔꽃 씨가 소철 분 가장자리에서 잎을 틔웠기 때문에 그 덕에 충분한 물을 만났나 보다. 소철도 놀랄 만치 예쁜 새순을 함께 틔웠다. 같은 자리에서 같은 햇빛을 받지만 물이 그리 소중함을 느끼게 된다. 우리에게도 물이 생명이라더니, 정신은……

  그렇게 글 쓰는 일과 관련해서는 바닥으로 가라앉아서 다른 짓만 하고 지낸다. 병원에 갈 일이 자주 생겨도 시집 한 권 들고 가지 않는다. 진료실 앞 의자에서는 아예 조는 사람처럼 눈을 감고서 시간을 때운다.

바닥으로 가라앉는 거야, 바닥으로!

그렇게 바다에 부딪다 보니 어느 순간 인간이 사용하는 언어의 특징이 허구성이라던 문장이 떠오른다. 언어를 사용하는 동물은 많지만, 사피엔스가 사용하는 언어의 가장 독특한 측면이 바로 허구를 말할 수 있는 능력이라고 했다. 21세기를 살아갈 상당한 정보를 주는 책들의 저자, 유발 하라리가 『사피엔스』에서 쓴 말이다. 이 자체가 허구일 리는 없다고 믿으면, 허구를 창조하는 언어가 진정 인간의 언어라는 말이 된다. 기대고 싶은 말이다. 함부로 기대지 말라는, '기댄다면 그건 의자 등받이뿐'이라던 이바라리 노리코의 단호함에도 불구하고, 픽션을 쓸 수 있는 언어를 지녔으니 픽션을 써야 하지 않을까. 흔들리는 이 마음 갈대와 같다.

[2021]

빙하가 녹았다

빙하가 녹았다. 초여름 폭염으로 알프스산의 빙하가 무너져 내렸다. 산 전체에 굉음이 울려 퍼졌고, 가파른 경사면을 따라 눈과 흙이 쏟아져 내렸다. 얼음 덩어리가 산비탈을 타고 굴러 내려가며 눈사태를 일으켰다. 맙소사, 산골 부락은 아니었지만 등산로까지도 덮쳤고, 사람들이 숨졌고 실종되었다.

등산객 몇 사람이 숨진 일에 지구인들은 꿈쩍도 안 한다. 몇 사람의 사망사고에는 미동도 하지 않는다. 날마다 더 많은 죽음들이 뉴스를 장식하고 있기 때문이다. 폭우와 토네이도 할 것 없이 변화된 지구 환경으로 날마다 사람들이 죽어간다. 자연재해라고 치부하는 이 사고들도 엄밀하게 보자면 지구인들이 만들어낸 문명의 역작용이다. 하물며 인재는 어떠한가.

먼 데 말고, 작년 한 해 우리나라의 산재사고 사망을 보자. 3월에 KDI(경제정보센터)가 내놓은 자료다. 산재 사망자가 연간 828명이라고 하니, 하루에 두세 명의 노동자가 일터에서 사망했다. 이러저러 산재 통계에 들어가지 못하는 죽음을 더하면 숫자는 더 늘어날 것이다. 말을 하다 보니 죽음을 숫자로 말하는 자체가 죄송스럽다. 숫자에 애도를 곱하는 마음으로 용서를 빈다. 다행인지 올해 초 중대재해처벌법 시행에 즈음하여 50인 이상 사업장의 사고사망 사례는 감소했다고 한다. 공동생활에서는 엄격한 법이 필요한가 보다.
재해 유형으로는 떨어짐과 끼임 등 재래식 사고가 여전히 많다고 한다. 건설업의 기계와 장비에 의한 사고들이다. 밥 벌러 나갔다가 집으로 퇴근하지 못하고 영안실로 조퇴당하는 사람들이다. 왜소한 몸으로 구릿빛보다 더 붉게 탄 얼굴들, 외국인 노동자들의 죽음도 간간이 보고된다. 한 세기 전 아메리칸 드림을 꿈꾸며, 아니면 그 이전부터 사탕수수 농장 등에 홀려서 떠났던 우리들 누런 얼굴들의 수모를 새삼 일깨운다.

순간에 저승으로 떠난 이 사람들은 마지막 그 순간에 힘들었던 삶을 원망했을까. 증오심을 지닌 채 죽었다면 천국에 가지 못할까. 어느 지옥으로 갈까. 단테의 『신곡』에서 지옥 편을 보면 형벌은 자신이 저질렀던 죄를 되돌려받는 형식이다. 콘트라파소 ─ '정반대의 고통'을 뜻하는 이 말은 인과응보와 통한다. 지상에서의 악행과 똑같이 대응하는 지옥의 형벌이라면, 떨어짐이나 끼임으로 죽어간 그들은 결코 지옥에 가지 않을 것이다. 그것은 그들을 죽음으로 방치한 위인들이 받을 형벌이다. 기독교적 의미에서 신을 몰랐다 하더라도, 예수 탄생 이전의 선인들처럼 천국에는 갈 수 없으되 지옥의 천국이라 할 림보에 평화롭게 머물 것이다. 지옥 이야기가 나왔으니 말인데, 림보에서 시

작하여 음욕 지옥 – 식탐 지옥 – 탐욕 지옥 – 분노 지
옥 – 이단 지옥 – 폭력 지옥 – 사기 지옥 – 배신 지옥
으로 깊어지는 층을 보면서 마지막 최악의 지옥에 들
어가 있다는 위인들이 궁금하지 않을 수 없다.

바로 그 최종지옥인 코키투스 호수의 쥬데카에는
예수를 배반한 유다와 더불어 카이자르를 암살한 브
루투스와 롱기누스가 악마 루시퍼의 발아래 눌려 있
다. 쥬데카라는 이름은 이스카리옷 유다에서 유래했
으니, 말 그대로 은혜를 원수로 갚는 인간들이 가는
지옥이라고 한다. 다만 신성모독죄보다 더한 죄가 배
반과 배신이라는 점이 기이하다. 21세기 자본의 시대
에 생명을 배신한 죄, 안전에 무감각한 기업과 제도의
담당자들을 단테라면 최종지옥에 보낼 것이 분명하
다. 상상으로나마 이처럼 복수 같은 것을 꿈꾸는 글은
'시적 정의'라는 이름으로 용서가 될까.

우리 문화에도 콘트라파소 같은 것이 있었다. 인과
응보라는 개념으로 있어왔다. 전생에서의 행위의 결

과로서 현생의 행과 불행이 있고, 현생에서의 행위의 결과로서 내세에서의 행과 불행이 온다고 믿는 태도이다. 인과응보 개념이 불교에서는 윤회사상의 원리가 되며, 덕 또는 업보와 연관된 실천철학에 가깝다. 악한 행위는 업보가 되어 윤회의 고리에서 벗어나지 못하게 하므로, 참회하고 덕을 쌓아 업을 없애면 비로소 해탈의 경지에 이를 수 있다는 믿음이다.

그러한 믿음이 있었다. 지금은 거의 아무도 믿지 않는다. 우선 내세에 대한 믿음이 줄고, 무엇보다도 정의라는 개념조차도 신뢰할 수 없기 때문이다. 정의라고 하면 개인 간의 올바른 도리이거나 또는 사회를 구성하고 유지하는 공정한 도리라고 간주되어야 마땅하다. 하지만 정의는 예로부터 왜곡되어왔다. '정의란 강자의 이익'이라는 견해는 이미 플라톤의 『국가』에서 트라시마코스가 주장했다. 정권이 하는 일이란 자신의 이득을 위해 법을 제정하고, 자신에게 이득이 되는 것을 피통치자에게 정의로운 것이라고 공포하고, 이

것을 어기는 자는 부정의한 자로 간주하여 처벌하는 것이다. 물론 대화의 상대편 소크라테스는 정의를 변호했지만, 글쎄다. 유사 이래 법도 정의도 늘 강자의 편이 아니었던가. 약자는 비겁한 채로 강자의 선의(?)에 기댈 뿐이고.

강자가 어찌 약자의 설움을 알랴. 가는 말이 고와도 오는 말은 곱잖고, 권선징악도 헛일, 선하면 바보짓이고 악해야 겨우 사는 모양새를 내는 것만 같다. 경쟁과 대결에서 어떻게 선하냐고! 내 팔꿈치는 억수로 강하게 뻗도록만 훈련되었는데!

S대학교는 만일 내가 거기 들어가면 누군가 한 사람은 못 들어가는 것이네요……. 그렇게 중얼거리던 중3 아이, 그가 어른이 되고 그의 아이들이 중3이 되도록 세상은 여전히 살벌한 경쟁터다. 아니, 더 공포스럽다. 무감각이라는 바이러스가 공기 속 무서운 전파력으로 온 세상을 뒤덮고 있어서, 우리는 다만 유능한 기능인을 흠모하며 살아가고 있다. 타인에 대한 연

민은커녕 무참히 사라지는 생명조차도 우리를 슬프게 하지 않는다. 우리를 슬프게 하는 것들은 안톤 슈낙의 글에서 끝났다. 사무실에서 때 묻은 서류를 뒤적이는 처녀의 가느다란 손, 굶주린 어린아이의 모습도 이제는 우리를 슬프게 하지 않는다. 날아가는 한 마리의 해오라기, 추수가 지난 후의 텅 빈 논과 밭 – 이런 이미지에 슬퍼했었다니!

알프스에서 빙하가 녹았고, 눈사태가 등산로를 덮쳤고 사람들이 죽었다. 우리나라에서는 거푸집에 노동자가 끼었다. 외국인이었다. 결국 죽었다. 그것들은 뉴스다. 뉴스는 뉴스다. 슬퍼하지 않는다.

[2022]

말의 시작, 글의 시작

우리가 필요로 하는 것은 우리에게 매우 고통을 주
는 재앙 같은, 우리가 우리 자신보다 더 사랑했던 누
군가의 죽음 같은, 모든 사람들로부터 멀리 숲속으
로 추방된 것 같은, 자살 같은 느낌을 주는 그런 책들
이지. 책이란 우리 내면에 존재하는 얼어붙은 바다
를 깨는 도끼여야 해. 나는 그렇게 생각해.

－ 프란츠 카프카, 1904

말의 시작을 생각해보았다. 기억할 수 없을 유년기
어느 날 ㅁ이라는 소리가 새어 나오면서 시작되었을

말, 어머니를 향했을 그 말 그 언어가 한국어였다. 말을 애교 있게 재잘거리는 귀여운 아이는 아니었던 것이 말과 관련한 처음 기억이다. 첫아이였으니 또래는 없었고, 온통 어른들로 둘러싼 환경에서 사실은 내 ㅁ 소리로 시작되었던 어머니 찾기도 쉽지 않았다는 기억이다.

인간은 적응의 동물이라 했다. 하긴 생명체라면 모두 적응을 통해서 살아남을 것이다. 세상은 경이 그 자체였고 아이에게 변별력은 최소 능력, 사물과 말의 연결은 엄청난 어려움이었다. 난생처음 보는 사람들이며 사물들을 어떤 소리로써 지칭할 수 있단 말인가. 어른들의 팔에 안겨 시장을 구경하면서 김이 모락모락 좌판에 올려진 찐 고구마를 어찌 고구마라 말하며, 부릅뜬 눈알 때문에 무서워 보이는 물고기들을 뭐라 칭할 것인가. 한번은 소금 가게 앞 '소금팝니다'라는 비뚠 글자를 읽고 와서는 소금을 보면 '소금팝니다'라고 말해서 사람들을 웃겼더란다. 그렇게 그림책도 시원찮던 시절, 무언가를 틀리지 않기 위해서는 도망이 우선이었다. 아무 말 않기 – 그것이 상책이었다. 말수 적은 아이는 그다지 흠은 아니었다. 머피의 법칙은 존재한다. 애가 어른 말을 먹어버리네! 어른들은 말을 먹어버리는 것이 반항이 아니라 수줍음 때문인 것을 잘 몰랐다.

학교에 들어갔다. 글자로 말하기는 새로운 방식이었다. 글자를 익히자 글자로 말하기가 말로 말하기보다 나았다. 글자로 말하기는 순발력이 없어도 괜찮았고, 글자로 말하면 기특해했다. 말을 먹어버리는 아이에서 글을 좋아하는 아이로 슬그머니 변신하면서 말에서 조금 해방된 느낌이었다. 글자는 질문 같은 요구사항도 없었다. 글자를 점점 더 좋아하게 되었다. 글자들의 집합, 책은 제법 편한 친구가 되었다. 그렇게 고립이 된다는 것 따위는 누구도 관심 두지 않았다. 그렇게 어른이 되었다. 어른, 대학생 말이다.

독문과 대학생 – 왜 하필 독문과? 중고등학교 시절, 즐거운 일만은 아니었겠지만 운동장 활동을 면제

받았던 터라 도서실은 무궁무진 소설책들이 살아 있는 공간이었다. 명문이라고는 해도 240명이 졸업한 지방도시 중고등학교의 작은 도서관이 더 이상 소설책들을 보여주지 못했을 때, 칸트가 손에 잡혔다.『순수이성비판』– 그것을 한 줄도 읽어낼 수 없었을 때, 나의 기본 지식의 결함과 미진한 독해력 탓을 하지 않고 번역문 탓을 했다니. 무지가 용맹이었을지. 독문과로 진학해서 기필코 이 글을 원전으로 읽으리라. 늘 하는 고백이지만, 독문과 시절 내내, 대학원 시절에도 그 뒤로도 칸트의 원전을 통째로 펼쳐보지 않았다. 근시안인 내게는 독문학이 눈앞의 숙제였고, 독일어로 쓰인 소설들에 푹 빠져버렸다.

소설들은 경이였다.

인생의 동반자, 반세기를 함께한 동반자가 곁에 있지만, 나의 뇌 속에는 소설들이 녹아 살고 있다. 어려서 만났던 글자들은 뇌 깊숙이 들어가서는 딱딱한 표

피를 뚫고 증발해버리지 못하는 것 같았다. 더하기, 철학이 녹아 있는 독일 소설들은 소설 이상이었다. 칸트 철학은 2천 년 본질주의적 존재론에서의 대전환이었고, 비로소 개별자가 된 인간들이 진리와 정의 그리고 아름다움을 판단하는 기준이었다. 그 인간들이 소설 속에 살아 있었다. '실존은 본질에 앞선다'라는 사르트르의 혁명적 사고는 2차 대전 직후 빈곤한 독일 정신세계에 폭발적으로 수용되었다. 실존에 대한 탐구는 무궁무진한 보고인 것 같았다. 아니, 주체로서가 아닌 구조로서의 인간! 욕망 또한 타자의 욕망! 현대 독일소설은 작은 뇌세포 하나하나를 풍선처럼 부풀게 하는 작용으로 들끓었고, 다른 어떤 것, 현실 속 인간에게 필요한 다른 많은 것들에 대한 관심을 꺼버린 아이러니로 작용했다. 겉으로는 숨길 수 있었을지 모르나, 내면은 불균형의 존재로 살고 있었다.

그러다가 문득, 소설이자 문학이자 예술의 세계는 언어종속적인 무엇이라는 진리가 뇌를 때렸다. 카프카가 말한 의미에서 '우리 내면에 존재하는 얼어붙은 바다를 깨는 도끼' 같은 말이었다. 외국말로 된 외국 소설들을 파먹으며 살아가던 나는 스멀스멀 꼬리가 돋아나는 느낌에 화들짝 소스라쳤다. 다른 누군가가 사냥해놓은 시체를 뜯어먹는 하이에나가 되어 있었다.

그리고 어느 날, 내 말로 내 글을 쓰고 있었다. 소설이라는 이름의 무엇을 쓰고 있었다. 왜 사람들은 시작의 무서움을 모르는가. 누군가가 읽을 수도 있는 글자들을 어쩌라고 내놓는가! 내가 나이고 싶어서 나의 말로 나의 글을 썼노라는 변명은 서툴고 못나기 그지없었다. 한국문학의 대양에 수영의 초보 지식도 없이 구명조끼도 입지 않은 채 뛰어든 이방인이었다. 잘해야 의붓자식이었다.

겁이 났다. 가장 무서운 것은 독자라는 존재다. 미지의 누군가가 글을 읽는다는 상상은 두려움 그 자체였다. 아니, 누군가 읽기나 할까, 그것도 무서웠다. 글을 쓰는 작가들 중에도 더러 지인이 생겨났고, 누군가는 스스럼없이 진심을 털어놓기도 했다. 솔직히 독자로서 말하자면 정말 재미는 없더군요! 긴박한 갈등이 있어야……. 엄청 고마운 일이었다. 읽었으니까.

그렇게 소위 문우들을 만났다. 내가 공부했던 존경하는 소설가 하인리히 뵐이 서독과 세계 PEN International에서 활동했다는 기억으로 PEN을 기웃거린 늦깎이는 이화동창문인회라는 공동체에 받아들여졌고, 서울 그리고 고향에서도 더러 동지들을 만났다. 누구나 문학소녀였다는 그 옛날 중고등학교 시절의 선후배들과도 의미 있는 공간을 나누게 되었다. 의미는 늘 무의미를 동반하지만, 어찌되었건 큰 범주로 문인으로 분류되고 있었다. 외국문학 연구보다는, 취업 효율성이 떨어지는 강의보다는, 소박한 소설가로의 변신이면 괜찮을 것도 같았다.

그러나 피는 피다. 정신의 묽은 피는 몸속의 빈혈과

마찬가지로 현기증과 무기력으로 이어진다. 전혀 괜찮지가 않다. 짝사랑 출판사는 무심하고, 자존심과 품위를 무기로 활동을 하는 위상 드높은 작가를 만나기라도 하면 무참히 상처를 받기도 한다. 나이하고도 키하고도 비례할 리 없는 낮은 함량의 속아지 때문에 앓는다. 그러니까 문제는 나다. 덜떨어진 나다.

우물 안 개구리, 개구리도 되지 못한 우물 안 올챙이 – '우올'로 생긴 대로 살아가기로 한다. 하늘과 해를 달을 별을 볼 수는 있겠지. 늘 평강을 빈다! 스스로 안부를 한다. 그런데도 편치는 않다. 외부의 어떤 무엇보다 빈약한 글 때문에 앓고 있다. 글과의 만남은 진정 숨쉬기의 단초였을까.

[2023]

······침묵

······침묵이 먼저였을까. 그 반대일까. 말과 글에 파
묻혀 살아오던 어느 날 갑자기 깨닫게 된 화두다. 침
묵에 빠진다, 이런 표현이 가능할까. 침묵에 사로잡힌
다, 이 표현 또한 어색하다.

침묵은 내가 현재 집중하고 있는 주인공 노 투틸로
승욱, 1969년 3월 28일생이 집중하고 있는 테마이자
나의 테마이다.

독실한 신자인 어머니는 1969년 김 스테파노 수환
추기경님의 서품식 날 태어난 아들에게 유아세례를
받게 했고, 아들을 스테파노라는 세례명으로 부르기

를 소원했으나, 신부님은 생일을 따라 성 투틸로라 그렇게 이름을 주셨다. 이후 투틸로는 어머니가 가장 사랑하는 단어가 되었다. 그리고 곧 침묵 속에 빠졌다. 왜 저려, 벙어린가 벼, 동네에서 평소에 그런 말을 듣는 어머니를 따라 승욱도 침묵 속에서 자라났고……. 그렇게 승욱의 이야기에 빠져 있자니 나도 모르게 침묵이라는 단어에 꽂히는 것은 자연스러운 일이었다. 내가 추구하는 것은 인간승리나 사회생활의 요령으로서의 전략적 침묵이 아니다. 그저 침묵할 수밖에 없는 그 침묵이다.

말이 끝나는 곳에서 침묵은 시작된다. 그러나 말이 끝나기 때문에 침묵이 시작되는 것은 아니다. 그때 비로소 분명해진다는 것뿐이다. [……] 말은 다시 침묵 속으로 가라앉는다. 말은 망각될 수 있다. [……] 말의 사라짐, 즉 망각은 또한 죽음을 준비한다. 인간을 비로소 인간이 되도록 하는 말이 사라지듯 인간 자신도 사라지고 소멸한다. 언어의 구조 속에는 죽음도 짜여 들어 있다.

　　　　　　　　　　– 막스 피카르트, 『침묵의 세계』

　이 얼마나 대단한 발견인가. 알랭 코르뱅의 『침묵의
예술』이 역사적으로 침묵이 지닌 의미를 재조명하면
서, 오늘날 소음으로 뒤덮인 세상에서 절대적으로 강
력한 내면의 힘으로서 침묵의 가치를 강조했다면, 피
카르트는 나에게는 차원이 다른 감동이었다.

　물론 피카르트의 침묵관은 내가 주인공을 탄생시
킨 이후에 발견한 것이다. 따라서 이 대단한 책이 나
를 옭아맨 것은 아니다. 문제는 내가 한 곳에 쏠리면
다른 것들을 너무도 소홀히 하는 습성이다. 균형 그런
것은 없다. 세상에 어찌 균형이 가능한가, 비겁하게도
나는 늘 그렇게 둘러댄다. 사람이 추구하는 줄잡아 열
가지 가치들이 있다고 할 때 그 모두에서 균형을 갖춘
다면, 그는 초인, 아니 이미 사람이 아니리라. 이렇게
변명을 하기 일쑤다.

　게다가 침묵이라니, 얼마나 대단한 주제인가. 코앞

만 보는 나는 현재로서 마지막 주제인 침묵에 정말 빠져버렸나 보다.

　진짜 문제는 목전의 숙제 때문이다. 평생을 글쓰기에 전념한 100%의 작가도 아니면서, 그간 이화문학상(2004)부터 PEN문학상(2017)까지 분에 넘치는 문학상들을 받는 복을 누렸었고, 지난해에는 박용철문학상을 받았는데 그 숙제 말이다. 문학단체가 아니라 지자체에서 주관하는 상이다 보니 상금 액수는 고무적이었지만, 그동안 잘 썼노라고 현장에서 주는 상금이 아니었기에 고민인 것이다. 향후 일 년 안에 신작을 출판하라는 격려금 성격은 다름 아닌 숙제다.

　소속 문학단체의 추천을 받아서 어찌어찌 관련 서류들을 준비할 때, 실은 『날마다 시작』이라는 가제를 붙인 장편 원고가 1,000매 이상 준비되어 있었다. 하지만 그 무렵의 상황은 너무도 나빴다. 어딘가 다른 일에 – 출판 따위는 분명 다른 일, 아무것도 아닌 일이었다. – 눈을 돌릴 여유가 없었다. 그리고 상황은 더할 나위 없이 슬픈 쪽으로 변했다. 그런 와중에 슬픔 한가운데로 수상 소식이 왔다. 추운 겨울은 깊어갔고, 새해 같지도 않은 새해가 되었다.

그럼에도 원고는 그대로 남아 있었으니 불행 중 다행이랄까. 그럼 늘 하던 대로 책을 내면 되지 않겠는가. 하지만 지난해 방전되어버린 에너지는 겨우 아침에 눈이 떠지는 만큼만 남아 있었다. 자리에서 일어나면 하루라는 시간이 시작될 터이니, 굳이 일어나 하루의 시간을 늘리고 싶지도 않았다. 천장에는 출판 숙제에 대한 압박감이 뭉게구름처럼 퍼져서 닫힌 창을 벗어나지 못하고 침대로 밀려 내려왔다. 그렇게 숨구멍을 찾아 문을 열어젖히고 서재로 가면, 숙제 대신 느닷없이 새로운 주제인 침묵의 주인공에 빠져든다. 어느 정도 마침표를 찍었던 원고로 돌아가고 싶지 않은 것은 그 시간으로 돌아가고 싶지 않은 탓일까.

침묵의 주인공, 그는 출판을 앞둔 『날마다 시작』의

주인공과는 달라도 너무 다르다. 남녀 성별은 물론, 60년대에 태어난 시간대 외에는 어느 지점에서 겹치는 사분면이 없다. 사실 통째로 1사분면에 해당할 긍정 에너지의 은이에 비하면, 사회불안장애가 있어 보이는 승욱은 정반대인 3사분면에 자리매김할 것이다. 그러니 내 머리가 그 둘 사이를 오갈 재간이 있는가 말이다. 뇌의 용량에 과부하가 걸려 있다.

숙제하기 vs. 새 주제 침묵에 빠져들기 −

이성을 지닌 인간이라면, 대부분의 인간은 어느 정도는 이성을 지닌 존재이므로, 숙제를 먼저 마치는 것이 정답이리라. 하지만 정석대로 되지 않는다. 말과 글에서 침묵으로의 관심 이동은 혼란을 불러일으키기 때문이다. 거트루드 슈타인을 인용할까도 싶다. '해답은 없다. 지금까지도 해답이 없었고 앞으로도 해답이 없을 것이다. 이것이 인생의 유일한 해답이다.' 그렇다고 이 지구인(이 표현은 오직 나의 주관)을 이 순간 불러내는 것도 해답이 아니다.

숙제는 분명하다. 다만 평범함을 구하는 나는 나를 달래서 어떻게든 숙제를 시작할 것이다. 마지막 정성을 들여서 은이를 세상에 내보내놓고 나서, 아껴두었던 승욱에 다시 몰입하는 것이다. 그런데 그 합리적 답안이 소용없이 승욱의 침묵에만 매료되어 있는 나 자신이 한심하다. 한참 한심하다.

침묵이라는 단어에 사로잡혀서, 뒤죽박죽. 현실과 픽션의 경계가 무너졌을까. '인간이란 격렬한 불안감 속에서가 아니면 권태로운 혼수상태 속에서 살기 위해 세상에 태어나는 것이지요.'라고 썼던 볼테르가 생각난다. 파란만장 어수선한(?) 그의 주인공 캉디드를 따라 읽기는 쉽지 않지만, 사는 일은 혼수상태라는 그 말에는 공감이 간다. '어떠한 것도 이유(근거)가 없는 것은 없다'라는 라이프니츠 쪽에 승복하기는 좀처럼 어려우니 말이다.

이유 없음, 우연, 순간으로 존재하는 하루 이틀 사흘. 그리고 또. 이유 없는 말들과 글들이 도착하는 곳,

그곳은 다만 침묵의 세계일까. 누구도 해답을 구하지 않는. 어쩌면 해답이 없는.

[2024]

스물셋,
아무렇더라도 나를 사랑해준 사람

서용좌 산문집

푸른사상 산문선